Du même auteur :

Guide de survie sexuelle de l'étudiant/e, éd. Tabou, 2017
Guide de survie sexuelle de la business girl, éd. Tabou, 2018
Guide de survie sexuelle de la vacancière, éd. Tabou, 2018
Osez draguer un mec, éd. La Musardine, 2018
Guide de survie sexuelle des timides, éd. Tabou, 2019

La Musardine, 122, rue du Chemin-Vert - 75011 Paris
www.lamusardine.com
ISBN : 978-2-36490-478-1

Flore Cherry

L'ÉCRITURE ÉROTIQUE

Roman, lettre, SMS, blog :
toutes les clés pour exprimer le désir

La Musardine

Sommaire

À tous mes Polissons

Introduction

Une partie non négligeable de mon métier consiste à écrire, et donc, plus largement, à savoir écrire ce qui vous excite. J'ai relu de nombreux manuscrits, écrit des centaines de textes masturbatoires, de descriptions d'images pornographiques, mis en avant des histoires coquines sur le web, ai été publiée, et ai créé des événements pour qu'à leur tour, les gens écrivent des choses qui excitent les autres. Les Écrits Polissons, le Salon de la Littérature érotique, le magazine *Union, Osez 20 histoires de sexe*, La Musardine, Tabou Éditions... tout cela a contribué à façonner mon esprit pour qu'il cherche à capter un bon mot, une bonne tournure, une histoire prenante, une façon de lire et d'écrire ce qui vous excitera.

Je vais vous faire une confession – au risque d'enterrer certains fantasmes qui germaient en vous : je considère que j'ai fait de l'écriture érotique un travail. C'est-à-dire que j'écris avec des contraintes de temps, rapidement, sans excitation personnelle.

Ce n'est pas nécessairement ce que vous souhaitez pour vous-même et j'imagine que la majorité d'entre vous préfère écrire pour son bon plaisir, j'en tiendrai compte dans ce guide. Mais, sachez que comme j'écris pour les autres et rarement pour moi, **cet exercice m'a obligée à faire de « l'écriture érotique » une science.** À extraire une base commune à plusieurs textes, à trouver des ressorts qui fonctionnent sur de nombreux lecteurs, à trouver facilement des moyens d'avoir de l'inspiration et de la renouveler, à faire avancer une histoire ou à trouver les bons mots.

Avant d'écrire sur le pourquoi, et surtout sur le comment, de la littérature érotique, il faudrait évidemment en définir les contours. Boris Vian, dans *Écrits pornographiques* (Christian Bourgois, 1980) la définit de la sorte, par **l'emprise** : *« Disons-le franchement. On écrit pour soi, naturellement ; mais on écrit surtout pour réaliser* ***un asservissement temporaire du lecteur****, auquel celui-ci se prête toujours dès l'instant qu'il ouvre le livre, et qu'il appartient à l'auteur de le mener à sa fin par le moyen de son art. »* En résumé, il y a écriture érotique à partir du moment où il y a volonté de vouloir susciter du désir et de l'excitation sur l'autre, ou sur soi-même si vous êtes votre unique lecteur.

J'élargirais la notion en ne parlant plus d'intention de l'écrivain – qui est très difficile à présupposer par un écrit –, mais par **la description d'un acte sexuel à travers le prisme du ressenti**. Quel qu'il soit. Et que cet acte sexuel prenne suffisamment de place dans l'écrit – en particulier s'il joue un rôle dans sa trame narrative, pour un roman – pour qu'il soit considéré comme central dans le texte. Je me rapprocherais ainsi de la définition de Norbert Compagna dans *L'Éthique de la sexualité* (La Musardine, 2011) : *« Comment définirons-nous alors un acte sexuel ? Je propose d'en donner la définition suivante :* ***un acte est sexuel dès lors qu'il vise à faire éprouver du plaisir sexuel,*** *que cela soit chez la personne qui accomplit* *l'acte ou chez une autre personne, devant laquelle ou pour laquelle on accomplit l'acte en question.»* Ce qui a le mérite de préciser **la scission avec les livres médicaux ou les essais qui traitent de sexualité** sans le faire de manière érotique, et d'inclure de façon générale l'**acte sexuel érotique qui ne mentionne pas la génitalité** (le fétichisme du latex, par exemple, où l'on ne parle ni de queue ni de chatte).

Et la **différence entre écriture «érotique» et «pornographique», alors**? Personnellement, je pense qu'elle n'est que là où vous placez votre morale, votre pudeur et votre expérience de lecture. *«Le sexe est obsédant chez l'écrivain: il est cru, il appelle les choses par leur nom, soit chatte, bite, cul.* ***Le monde de Houellebecq est un monde porno***», écrit Nathalie Chifflet sur ledauphine.com (à propos de *Sérotonine* en décembre 2018). Pourquoi pas, je n'ai rien contre considérer que Houellebecq écrit du porno, mais enfin, reconnaissons-le, il y a nécessairement de la subjectivité dans l'appréciation. Pour ma part, je ne vois aucun intérêt à marquer une différence, et qui plus est, je la trouve même dérangeante.

Dans les deux cas, il s'agit de susciter le désir chez le lecteur avec des mots. Considérer que l'une serait plus prude, plus morale, plus artistique, plus atténuée, plus littéraire, plus noble, me la rend nettement moins sympathique que l'autre.

Bref, un débat qui ne me semble pas très intéressant – et qui risque de vous faire passer à côté de l'essentiel: apprendre à écrire sur le sexe.

D'ailleurs, l'écriture érotique souffre des mêmes maux que ceux de la sexualité: on a l'impression que son écriture doit être innée, qu'elle ne s'apprend pas. Or, tout cela semble assez peu réaliste.

Boris Vian abonde en ce sens : « *On m'objectera que les vraies œuvres d'art se font sans calcul, et que l'instinct du créateur prévoit et pèse d'avance tout* ***ce que l'on croit être imprévisible et impondérable*** *; et on ajoute qu'il le fait inconsciemment. Eh bien je ne veux pas engager dans ma réponse tous mes estimables confrères, mais je crois qu'il y a un certain danger à se représenter l'écrivain comme une bête de génie écrivant fiévreusement sous la dictée des muses. Cela arrive ; mais même si l'on produit facilement et sans retouche, le dessein et le calcul ont leur mot à dire.* »

Comme le sexe, j'ai cette conviction empirique que l'écriture s'apprend, pour beaucoup sur le tas, par des erreurs, des ratures, des moments de honte comme des moments de grâce. Si elle se singularise sous la plume de chaque auteur, elle se laisse néanmoins travailler et retravailler par tous, si bien qu'à la fin, il soit possible d'en définir des tuteurs, des bases communes, des astuces intuitives que l'on intellectualise à « force de ». Et elle fait état, dans les poubelles des maisons d'édition, ou dans le silence qui précède un message que l'on aimerait brûlant, des erreurs trop souvent partagées.

Ce livre s'adresse à celles et ceux qui s'intéressent d'un œil à la littérature érotique, qui souhaitent entretenir une correspondance enflammée, qui écrivent sous leurs draps dans un journal, qui ont déjà été publiés, qui aimeraient bien l'être un jour ou qui se demandent à quoi ça sert, à celles et ceux qui souhaitent défendre le genre contre la censure, ou au contraire, y trouver les arguments nécessaires pour organiser dans les meilleures conditions un autodafé gigantesque.

J'espère que ces quelques conseils, que j'ai voulus « pratiques », vous aiguilleront pour réinventer des lendemains plus beaux, ou plus sales, à votre guise. Et que vous continuerez à façonner ce monde avec tout l'amour, la perversion et la liberté qu'il mérite.

Car oui, nous méritons une littérature érotique de qualité, et elle ne se fera pas sans vous.

À quoi ça sert de bien écrire du cul ?

Parce que votre temps est précieux et que personne n'a envie d'émousser ses neurones sur un sujet qui manquerait d'utilité pratique, voici quelques bénéfices – que certains esprits bien faits anticiperont certainement avec évidence – qui résultent de l'habileté à manier la langue du désir. Plus précisément mettre un verbe, un nom et une harmonie de texte sur une envie, une sensation, un sentiment, une situation ou même un moment d'introspection érotique.

Et ainsi, vous faire passer l'envie de vous complaire dans la tranquille esquive que Jacques Salomé exprimait ainsi : *« L'indicible ne s'écrit pas, il se crie ou se tait dans une infinie désespérance »* (*Lettres à l'intime de soi,* Albin Michel, 2001), une maxime dont se satisfont parfois les plus timides d'entre vous, tiraillé·e·s entre la peur que l'on démasque leurs envies secrètes avec précision et le désir qui hurle à force d'être passé sous silence.

Écrire l'indicible, un acte qui peut pourtant apporter beaucoup, à votre couple, à votre estime de vous, comme à la marche du monde.

À vous de savoir ce que vous voulez en faire...

À maintenir un lien érotique avec un partenaire

(le cas du message érotique)

Parce que tout le monde n'a pas nécessairement prévu dans son projet de vie de devenir le nouveau marquis de Sade ou la nouvelle Pauline Réage, mais que l'immense majorité a déjà voulu un jour susciter le désir chez quelqu'un en utilisant son clavier et une poignée de mots bien choisis, l'écriture érotique nous concerne tous à travers sa forme la plus sociale : **le message érotique** !

Parce qu'il est d'une intimité souvent bouleversante, il est un bon moyen de préserver la ferveur d'un lien qui peut vaciller avec la distance. On retrouve des traces d'écrits érotiques entre deux amants séparés, dont l'impatience d'un retour prompt se décore de lettres endiablées (si l'on s'aimait avant le xxe siècle), de mails, de textos et de messages privés sur un réseau social, si l'on s'aime à l'heure du 2.0. Les codes changent, le but reste le même : « N'oublie pas que je vibre pour toi, je veux que tu vibres pour moi aussi. »

Pourquoi le message érotique sert-il souvent à « entretenir une relation » plutôt qu'à « l'amorcer » ? Tout simplement parce que « savoir bien écrire du cul » n'est pas une autorisation valable pour envoyer un message sexuellement explicite à un·e inconnu·e sans s'être inquiété, au préalable, qu'il·elle voulait le recevoir. Question simple de consentement.

Ce qui n'est pas le cas de **l'écriture érotique** au sens plus large. Le message érotique a cette spécificité qu'il arrive dans **une boîte personnelle** (une boîte aux lettres, un mail, un smartphone, etc.), à la différence d'un livre, d'un blog érotique ou d'un écrit griffonné sur un mur, qui se laisse ouvrir ou regarder, sans s'introduire nulle part. En bref, le **message érotique** reste donc soumis à l'acceptation des deux parties.

Une façon de se connecter l'un à l'autre qui prend de plus en plus d'ampleur grâce à l'essor des nouvelles technologies de communication.

> **Psychologies.com, « Sextos : mode d'emploi », propos recueillis par Ségolène Poirier**
> *« Dans un quotidien où nous sommes de plus en plus surbookés, il n'est pas toujours facile d'entretenir le climat amoureux.* ***Le sexto renforce le lien sentimental ainsi que le narcissisme du couple.*** » Philippe Brenot, sexologue.

Il peut aussi parfois combler les problèmes d'un amour naissant à distance, ou d'une envie d'apporter une autre dimension à son couple.

Florence Escaravage, love coach, au micro d'Europe 1 dans l'émission *Une vie devant soi* (août 2018), expliquait : « *De ce que je comprends de la suite des amours d'été, la vraie passerelle, c'est l'écriture. On n'est pas nécessairement dans des échanges de petits textos brefs, mais dans l'échange de longs mails […] Finalement, on est dans une conversation assez jolie sur l'émotion, nos attentes vis-à-vis de l'autre, aussi. C'est là où l'on peut ancrer une relation, lui donner une autre dimension. Où l'on se met à découvrir l'autre différemment, par ces échanges.* »

S'il comble une séparation, il peut aussi pallier **une pudeur de la discussion** ou la vive (et parfois fatale) spontanéité du discours.

Pour Nathalie Giraud-Desforges, sexothérapeute et fondatrice de Piment Rose, l'écriture érotique peut aussi être un formidable moyen d'exprimer à l'autre ce qui nous semble impossible lorsque l'on est en face à face (entretien, août 2018) : *« Dans la gorge, il y a beaucoup de peur et parfois, les mots ne passent pas.* ***Par l'écrit, c'est souvent plus simple.*** *On a le temps de penser au mot, de le choisir, c'est très rassurant. Ça permet d'oser plus, d'aller plus loin dans la communication avec son partenaire. »*

En bref, si vous avez un bon feeling quant à l'accueil de votre message coquin, n'hésitez pas à vous lancer. Cela ne pourra qu'apporter une nouvelle dimension plus profonde à votre relation.

Je viens de rencontrer quelqu'un et je souhaite lui envoyer un message érotique. J'ai peur qu'il ou elle le prenne mal. Comment éviter de commettre un impair ?

Réponse de Nathalie Giraud-Desforges, sexothérapeute et fondatrice de Piment Rose (date d'entretien : août 2018) :

« L'idéal, c'est d'envoyer un texte que quelqu'un d'autre a écrit, comme les paroles d'une chanson (allez piocher chez Odezen, Colette Renard ou Gainsbourg) ou alors d'envoyer une citation d'un livre, un poème... avec évidemment le lien de la source dans le message. Montrer que ce n'est pas "vous" qui l'avez écrit vous protège, d'une certaine façon. C'est une façon de laisser doucement la porte ouverte à un discours un peu plus sexualisé. »

EXERCICE D'ENTRAÎNEMENT N° 1

(20 minutes)

Lettre à soi

Parce qu'écrire une lettre érotique est plaisant, mais en recevoir l'est tout autant, écrivez-vous une lettre érotique qui vous est destinée !

Imaginez, au choix :

· **une lettre érotique de remerciement** suite à votre dernier orgasme ou à l'expertise de votre main durant vos parties en solitaire.

· **une lettre érotique d'encouragement** concernant une nuit torride qui arrive ou un fantasme que vous n'avez encore jamais réalisé.

· **une lettre érotique de remémoration** pour faire état de vos souvenirs les plus érotiques au cours de votre vie.

N'oubliez pas **de préparer un brouillon en projetant vos principales idées** avant de vous lancer pleinement dans l'écriture ! Écrivez de préférence sur un papier à lettres, avec une plume et une écriture soignée.
Lorsqu'il s'agit de faire passer des messages, la sensualité et la forme prennent soudainement toute leur place.

À vivre pleinement ses penchants exhibitionnistes

Qu'on ne se le cache pas ! Écrire à son petit copain ses fantasmes masturbatoires ou raconter ses derniers ébats au monde entier peut clairement être une **pratique sexuelle** exhibitionniste !

C'est par exemple le cas au sein du magazine *Union* (créé en 1972), dans lequel les lecteurs ont pour habitude d'envoyer des courriers avec leurs derniers exploits sexuels détaillés sur une ou deux pages, dans l'objectif d'être exhibés devant des milliers de lecteurs.

> **Entretien juillet 2018 avec Nicolas V., rédacteur en chef du magazine *Union* :**
> *« Les lettres que nous recevons au sein de notre rédaction, à des fins de publication, servent souvent de support à une pratique exhibitionniste. Il y a quelque chose d'autoérotique à raconter son histoire. Un des moteurs les plus puissants (et un des plus excitants) pour l'écrivain, c'est qu'il sait qu'il va être lu par des milliers de voyeurs. S'il y a certainement un plaisir à écrire son texte, il y en a surtout un à le découvrir, au sein des pages du magazine. »*

Et dans cet acte, on peut distinguer deux types d'exhibitionnisme : celui **très charnel d'un corps et d'une sexualité qui se doivent d'être passés sous silence** et celui, moins propre à la littérature érotique, mais tout aussi difficile, de l'étalage des sentiments intimes comme la honte, la peur, le ressentiment, l'angoisse, le plaisir, la culpabilité.

« L'exhibitionnisme de l'âme est plus difficile à admettre que celui du corps », écrivait Julien Green dans son *Journal* en 1946.

Pour Ève de Candaulie, auteure de *L'Infidélité promise* et blogueuse libertine, vivre l'un au quotidien lui permet de mieux offrir l'autre (entretien décembre 2018) : *« Exhibitionniste dans la vie,* ***j'ai l'habitude de me mettre à nu devant les gens.*** *Ça a beaucoup facilité l'exhibition de mon âme dans mon écriture, à éviter toute pudeur ou barrière, et à retranscrire des émotions et des sentiments authentiques. Et l'authenticité, c'est la meilleure façon de transmettre l'universel, c'est au final ce qui intéresse réellement le lecteur. »*

EXERCICE D'ENTRAÎNEMENT N° 2

(30 minutes)

Confessez-vous !

Quand il s'agit d'écriture érotique, **la désinhibition et la sincérité** sont des ingrédients indispensables et très ardus à obtenir.

« Et j'en arrive à un chapitre de mes aveux qui me coûte plus que tout ce que je vous ai déjà dit. Mais je me suis, une fois pour toutes, résolue à être entièrement sincère envers vous. » Mémoires d'une chanteuse allemande (1868), chapitre très érotique écrit par une Anonyme (La Musardine, collection « Lectures amoureuses », 2000).

Pour ce faire, munissez-vous d'une feuille blanche, d'un stylo, d'un briquet et du *Lacrimosa* de Mozart.

Étape 1 : Lancez le *Lacrimosa* de Mozart (des versions gratuites sont accessibles sur YouTube) et assurez-vous d'être seul·e durant les 30 prochaines minutes.

Étape 2 : Réfléchissez quelques instants, puis écrivez votre confession érotique en une quinzaine de phrases précises et percutantes. Votre confession doit tenir sur le recto de votre feuille (et, évidemment, être vraie).
Cela peut être un comportement que vous jugez trop insistant au lit, un moment de faiblesse sexuelle, un voyeurisme non consenti, etc.

Étape 3 : Fermez les yeux et concentrez-vous sur la musique pendant une minute (c'est beau).

Étape 4 : Relisez votre confession avec attention. Essayez de revivre le moment, ressentez la gêne, la honte, la colère contre vous ou votre partenaire...

Étape 5 : Fermez les yeux et concentrez-vous sur la musique pendant une minute (c'est beau).

Étape 6 : Retournez votre feuille. Écrivez comment vous vous sentez vis-à-vis de vous-même. Soyez bienveillant·e. Terminez par « Je te pardonne ».

Étape 7 : Brûlez votre feuille.

À mieux se comprendre soi-même

Lorsque vous écrivez de l'écriture érotique, il est très difficile de passer outre une forme de projection, une matérialisation verbale et organisée de ce que vous avez intériorisé. « Et si je choisissais comme décor pour cette partouze le salon de ma Mamie Jeannette ? » « Et si je parlais de cette émotion gênante et humiliante que j'ai éprouvée lors de ma première fois ? »

Écrire est un acte de l'esprit, et c'est nécessairement laisser une petite partie de soi, et de son intimité, sur le papier. Même si ce petit bout de réel peut être tout à fait confondu avec le fictif, **il peut aussi révéler un morceau de ses désirs** ou de son identité sexuelle. Mais quoi exactement ? Toujours difficile à cerner pour le lecteur.trice, mais aussi pour l'auteur·e.

Pour Laura Cherfi, thérapeute, écrire sur la sexualité va peut-être vous faire vous retrouver nez à nez avec des fantasmes inattendus qu'il va falloir gérer au mieux (entretien d'août 2018) : « *Le risque c'est de voir émerger des gros machins qui nous surprennent ! Par exemple, que se passe-t-il si on se plaît à écrire des scénarios homosexuels alors que l'on se considère comme strictement hétéro ? Ou de la soumission alors qu'on se définit comme dominant ? — D'abord,* ***les fantasmes que l'on écrit ne présument rien de notre propre sexualité*** *(cela peut être que l'on souhaite simplement une réconciliation avec l'autre sexe ? Une simple curiosité ?), ensuite il y a plusieurs façons de vivre ce fantasme : on peut s'en détacher juste après l'écrit, comme un* *plaisir qui n'existe que dans l'imaginaire, on peut en parler à son psy, ou alors le pousser plus loin, dans une réalité, voir ce que ça donne. L'écriture est juste la verbalisation de ce qui trotte dans notre tête, à nous d'y trouver éventuellement un sens.* »

Ne perdez pas de vue que l'exploration des fantasmes à travers une feuille est une pratique **safe et saine**. Vous n'avez pas besoin d'être avec un·e partenaire·e consentant·e, et – si vous gardez vos écrits pour vous – vous vous évitez de vous confronter à la morale de quelqu'un. Oui, comme la masturbation, si vous voulez. La police de vos imaginaires de branlette n'existe pas, allez-y gaiement.

De façon extrême, pratiquée à un haut niveau, l'écriture érotique et l'exploration de fantasmes pourraient même vous faire perdre totalement les pédales.

Esparbec, lors d'un entretien avec Christophe Bier en juin 2015 à La Musardine (publié dans *La Pharmacienne*, édition enrichie), confiait :

« *À force de s'y livrer, on devient ce qu'on écrit ; on devient "tordus". Tous les bons pornographes que j'ai connus "travaillent du chapeau". Dès que vous écrivez un livre de cul, votre vie change. [...] Ces vilaines choses que vous écrivez pour exciter votre semblable produisent une "salissure" indélébile.* »

En bref, on ne pourrait parler d'écriture érotique sans omettre sa façon qu'elle a de nous modifier nous-mêmes... et parfois même, de nous rendre meilleur·e·s.

EXERCICE D'ENTRAÎNEMENT N° 3

(15 minutes)

Trouvez la définition de ces différentes paraphilies et élaborez un pitch d'histoire sur celle qui vous plaît le plus :

Forniphilie

Maïeusophilie

Dacryphilie

Pryophilie

Ondinisme

Forniphilie : Excitation provoquée par la transformation d'un corps en objet

Maïeusophilie : Excitation sexuelle pour la femme enceinte

Dacryphilie : Excitation provoquée par les larmes

Pyrophilie : Excitation provoquée par le feu

Ondinisme : Attirance pour les fluides (en particulier l'urine)

À repousser les limites de la timidité

À travers une certaine utilisation (par le biais d'un billet sur un blog ou d'un message soigné, par exemple), l'écriture érotique invite son auteur·e à exprimer haut et fort ses sentiments intimes. Cette façon de communiquer aux autres entre directement dans les techniques comportementales pour développer l'**affirmation de soi**.

> **« L'affirmation de soi : un outil puissant et protecteur de l'individu dans le cadre professionnel », le site des éditions Tissot, avril 2016.**
>
> L'affirmation de soi revient à **savoir exprimer son opinion, ses sentiments et ses besoins**. Elle représente une attitude intérieure qui consiste à croire que nous avons une valeur, c'est la capacité que l'individu a d'exprimer ses émotions, ses pensées et ses opinions de même que de défendre ses droits tout en respectant ceux des autres, ceci de façon directe, honnête et appropriée.

Cette attitude d'interaction avec les autres est très importante pour préserver une bonne estime de soi, obtenir un respect durable et se sentir plus à l'aise en société. Se présenter comme un être de désir et de pulsion, s'il correspond à ce que nous sommes, nous renvoie une image positive de nous-mêmes.

C'est par exemple le cas de Clarissa Rivière, auteure du blog « Les Goûters de Clarissa », ouvert en 2011. Durant un entretien en juillet 2018, celle-ci m'a confié : « *Depuis que j'ai ouvert mon blog d'écriture érotique et de sorties parisiennes, j'ai énormément gagné en estime de moi. Avant j'étais très timide, et avec l'écriture, je me suis plu à interpréter de nouveaux rôles, comme celui de dominatrice, qui me fait gagner en assurance. Être éditée, comme avoir de très bons retours de lecteurs, m'a aussi permis d'être confortée dans ma qualité de rédactrice.* »

Et Clarissa est loin d'être un cas isolé. Pour Johan, cocréateur de la plateforme « chuchote-moi.fr » dédiée aux histoires érotiques publiées par des écrivain·e·s en herbe, **de nombreux utilisateurs s'avèrent être en réalité de grands timides** : « *La plupart utilisent des pseudos, et cet anonymat leur permet une grande liberté dans les mots qu'ils emploient, les fantasmes qu'ils mettent en avant. J'ai déjà rencontré quelques-uns de mes auteurs physiquement, et si ce n'est pas vrai pour tous, certains et certaines étaient vraiment très réservés... alors qu'ils étaient beaucoup plus crus dans leurs écrits !* » (Extrait d'interview réalisée pour un dossier publié dans le magazine *Union*, « Être timide et avoir une vie sexuellement épanouie, c'est possible », décembre 2017.)

Eh oui ! Et l'anonymat, qui passe par la création d'un univers parallèle, est légion chez les auteur·e·s de littérature érotique.

EXERCICE D'ENTRAÎNEMENT N° 4

(30 minutes)

La liste des possibles !

1. Écrivez 15 choses qui vous plairaient sexuellement et qui sont du domaine du possible (même si difficile à atteindre).
Ex. : Coucher avec mon boulanger

2. Notez leur niveau de difficulté de 0 (facile) à 10 (très difficile).
Ex. : Coucher avec mon boulanger = 3

3. Imaginez que la note est le nombre d'étapes à accomplir avant d'arriver à votre objectif.
Ex. : Coucher avec mon boulanger
Étape 1 : *Aller acheter une baguette*
Étape 2 : *Lui glisser un billet dans la main avec mon numéro de téléphone*
Étape 3 : *Fixer un rendez-vous*

4. Entourez en rouge les 3 meilleurs défis.
Vous avez le début d'une histoire...

À se créer un double (sexy)

(le cas du pseudo)

Il est donc assez courant que les auteur·e·s se créent un « double sexuel » – ce double qui n'est qu'une facette de vous-même qui vous transforme en soumise exemplaire ou en Don Juan au service de ces dames. Il suffit alors parfois d'un pseudo, comme « Vernon Sullivan », le double de Boris Vian, qui signe ses polars érotiques.

S'il permet avant tout d'éviter des scandales liés à la publication d'un écrit, il peut aussi être un personnage qui résonne à ses propres oreilles comme un avatar d'un « soi hédoniste ».

Pour Clarissa Rivière, *« Le pseudo "Clarissa Rivière", c'est une partie de ma personnalité, pas une partie "différente", mais une partie qui est liée au loisir sans prise de tête. À l'origine, c'était juste un moyen pour poster mes textes de façon anonyme, mais maintenant, Clarissa incarne réellement une partie de mon identité. Ça me programme pour quelque chose de festif, de joyeux. »*

Le pseudo est une facette à part entière de son identité que l'on nomme et qui nous conditionne à réfléchir d'une certaine façon.

Pour Laura Cherfi, love coach (entretien août 2018) : *« J'adore l'idée de nommer une facette de soi. Ça crée un espace, et quelque part, ça peut modifier nos réactions. Dans une soirée où je m'appelle différemment, mes choix seront peut être différents de mes choix de base. »*

C'est également le cas d'Anne Vassivière, qui se sert de son « pseudo » d'écrivaine pour être dans une écriture plus ouverte que quand elle est elle-même : « *Anne, c'est l'écrivaine qui donne une voix à tous ses personnages, même s'ils sont misogynes ou arrogants. Elle ne les juge pas, elle les laisse s'exprimer avec bienveillance. Quand je suis moi pleinement, je suis beaucoup plus critique vis-à-vis du comportement des gens, je pose un regard plus moralisateur. J'aurais peut-être plus censuré mes personnages.* »

Attention à bien choisir son pseudo ! Comme il s'agit d'un choix délibéré de votre part, vos lecteurs auront tendance à s'imaginer que ce **n'est pas le fruit du hasard**. Et parfois, cela peut induire en erreur. C'est le cas du marquis de la Guénoise, habitué des « Écrits Polissons » (atelier d'écriture érotique) : « *Je regrette mon choix de pseudo que je n'ai pas anticipé pour deux sous. J'ai dû me créer un pseudo pour pouvoir partager du contenu coquin tranquillement sur les réseaux sociaux. Et je voulais un titre chouette, comme "marquis", mais c'était sans penser que cela renvoyait au marquis de Sade ! J'aurai pu choisir "comte" ou "duc", car je n'ai pas du tout la fibre BDSM. Maintenant, je suis obligé de préciser aux gens que je ne cherche pas d'esclave et que je n'ai pas de fouet.* »

EXERCICE D'ENTRAÎNEMENT N° 5

(10 minutes)

Choisissez-vous un pseudo d'auteur érotique!

Le pseudo doit à la fois vous représenter et pointer sur une facette de vous-même. Voilà quelques «trucs» qu'utilisent les écrivain·e·s pour choisir leur pseudo:

· **l'anagramme** (inversion des lettres dans un mot pour en former un autre): par exemple, une des suppositions est que le pseudonyme «Voltaire» viendrait d'Airvault, le village près duquel le petit François-Marie Arouet était originaire.

· **un lieu qui vous est cher**: Jane **Paris.**

· **un mot qui représente l'érotisme pour vous:** Flore **Cherry**, Chris **Perles**, Jean **Champagne,** etc.

· **un personnage mythique**: **Vénus** Libre, James **Dionysos.**

Ne perdez pas de vue qu'une question qui va souvent revenir (chez les journalistes et vos amis) va être: «Comment avez-vous choisi votre pseudo?» Anticipez dès maintenant une réponse (qui fait sens) !

N'oubliez pas que votre pseudo doit être à la fois **facile à retenir et remarquable**! On oublie les noms à rallonge: «Jeanne de La Fesse et des Délices Sucrés» ou les pseudos trop génériques de type «John».

Mon conseil serait vraiment d'opter pour un **prénom + nom** ce qui facilite ensuite l'inscription sur tous les réseaux sociaux et les différentes procédures liées à votre communication. Mais je dois bien admettre qu'un pseudo court type «Ovidie» ou «Katsuni» ne me semble pas avoir été un frein à une notoriété certaine.

À VOUS DE JOUER !

Si vous n'avez pas d'idées, ce questionnaire peut vous aider :

Quel est votre deuxième prénom ?
Quel est le prénom de votre grand-mère (si vous êtes une femme)/grand-père (si vous êtes un homme) ?
Quel est le prénom de votre personnage de film préféré ?
1. Quel prénom préférez-vous entre les trois précédents ?

Quel est votre fruit préféré ?
Quelle est votre pâtisserie/boisson préférée ?
Quel mot vous vient à l'esprit en voyant des fesses rebondies ?
2. Quel mot préférez-vous entre les trois précédents ?

Il s'agit de Marie Malibu pour moi !
Mais vous n'êtes pas à l'abri d'un René Canibale ou d'un Jack Grappes.

À ajouter la ligne « écrivain » à votre CV

Attention : à tous ceux qui rêvent à des lingots d'or qui tomberaient au fil des lignes coquines, l'industrie de la littérature érotique n'est pas celle qui se porte le mieux. Peut-on gagner sa vie en écrivant de la littérature érotique ? Pour Franck Spengler, responsable de la maison d'édition Blanche, la réponse est simple (et affirmée) : « **Non.** »

Si gagner sa vie en étant auteur·e est extrêmement difficile, cela devient quasi impossible lorsqu'il s'agit de littérature érotique.

> ***« Je suis auteure de romans érotiques,* 50 nuances de Grey *ne nous a pas fait de bien* », Marie Godard, 2013, leplus.nouvelobs.com**
>
> *« La littérature érotique reste encore une sous-littérature, réservée à quelques maisons d'édition marginales ou à des sites internet réservés aux plus de 18 ans. […] À ce jour, il n'y a que peu de maisons d'édition qui font la part belle aux œuvres érotiques et lorsque les œuvres sont publiées, il leur est très difficile d'en assurer la distribution en librairie de manière satisfaisante. »*

Pour Maryssa Rachel, auteure de « dark romance » chez Hugo & Cie, les métiers **d'écrivain et de communicant (voire de community manager)** se confondent parfois ! *« Sauf si notre notoriété est déjà faite, il faut alimenter ses* *réseaux sociaux constamment pour avoir de la visibilité, c'est la clé ! Les temps changent ? Pas tant que ça ! Avant que l'on invente Facebook ou Twitter, les intellectuels se réunissaient dans des cafés ou des salons. On a juste la possibilité de le faire de chez nous maintenant – mais le métier reste le même.* » (Entretien avec l'auteure de décembre 2018.)

Un conseil si vous vous lancez dans l'écriture érotique en tant qu'écrivain·e : **ne négligez jamais votre communication** ! La plupart des comités de lecture iront chercher votre pseudo et votre bibliographie sur internet avant de valider ou non votre manuscrit, il faut donc que votre première page de référencement soit maîtrisée et à jour.

Si vous ne gérez pas très bien internet, il va vous falloir être bien entouré·e !

Une fois votre manuscrit publié, il vous faudra également **une grande mobilité** pour vous rendre aux séances de dédicaces et aux actes de promotion (télévisions, radios, verres avec des journalistes). Si vous habitez dans un lieu où les transports sont difficiles d'accès, cela peut être un frein à votre notoriété d'écrivain·e.

Cela dit, si la vie d'écrivain·e d'écriture érotique ne peut pas mener à une richesse matérielle, elle entraîne nécessairement de belles rencontres et des échanges très enrichissants. Et n'est-ce pas là la plus belle des récompenses ?

EXERCICE D'ENTRAÎNEMENT N° 6

(15 minutes)

Rédigez votre biographie sexuelle fantasmée !

Remplissez le questionnaire ci-dessous comme s'il s'agissait d'une page encyclopédique, de façon neutre et objective, en parlant de vous à la troisième personne.

Courte description :

Vie privée coquine :

Scandale pour lequel je devrais être connu/e :

Principales théories sur la sexualité :

Bibliographie fantasmée :

À démocratiser un type de sexualité

Qui ne sait pas quel type marginal de sexualité met en lumière le best-seller *50 Nuances de Grey* (de E. L. James, éditions Lattès, 2012) ? Ce couple BDSM, qui raconte une romance pour adultes, a fait l'effet d'un coup de tonnerre dans notre culture populaire, si bien qu'il a influé de façon non négligeable l'intimité de notre chambre à coucher : hausse de l'utilisation de sextoys[1], de vente de « cravaches » chez Décathlon[2], de blessures provoquées par l'utilisation de jouets sexuels[3]...

Au-delà même du livre, le « phénomène » *50 Nuances de Grey* a su modifier notre comportement sexuel et changer en quelques années le visage d'une communauté marginale (avouons-le, on s'imaginait que le fétichiste de base tenait plus du petit moustachu bedonnant en tenue de latex qui s'exhibait dans des caves que du milliardaire à hélicoptère).

À travers ces livres, différentes communautés peuvent ainsi s'exprimer, démontant tous les clichés, les uns après les autres :

---

1. Source : Ifop, janvier 2013, « Les Françaises et le Mommy Porn. Enquête sur les fantasmes sexuels des Françaises et leur consommation de livres érotiques. »

2. Source : Public Buzz, mars 2018 : « *50 Shades of Grey* dope les ventes de cravaches chez Décathlon ! »

3. Source : *Washington Post*, avec les données de la Commission de protection des consommateurs.

Marc Kiska, auteur du roman érotique *Les Vestiges d'Alice*, prix du roman gay 2017 (éditions Tabou)

« Dans mon roman j'aborde des thématiques dures – homophobie, oppression des jeunes, refus du conformisme... – et le choix de la violence n'en a pas réellement été un. Lorsque l'on aborde ces sujets-là, je pense que la violence est inévitable. Cette brutalité n'est que le reflet de la réalité et peut-être que les dangers pesant constamment sur une relation homosexuelle rendent la passion amoureuse d'autant plus forte. »

Pour Maryssa Rachel, auteure du très sulfureux *Outrage* (Hugo Roman, 2017), l'écriture érotique a été un vrai moyen de mettre en avant **la violence et la perversion des fantasmes féminins** (entretien décembre 2018) : *« Quand j'étais photographe, je demandais à mes modèles de raconter leurs fantasmes les plus sales. Au départ, elles restaient bloquées sur le viol, mais dès que l'on grattait un peu, on se rendait compte qu'elles avaient une imagination bien plus débridée que ça. J'en ai même une qui m'a avoué avoir pratiqué la zoophilie, ce que j'ai retranscrit à ma façon dans mon livre. Les hommes s'imaginent souvent que les femmes n'aiment pas trop le sexe et n'ont pas de fantasmes, mais c'est totalement faux !*

À travers mon roman, j'ai également dénoncé des trucs qui me paraissaient énormes. Deux nanas m'ont avoué en pleurant qu'elles ont eu du plaisir avec leur père incestueux dans leur enfance. Dans Outrage, *je n'ai pas mis de côté cette partie-là, et la difficulté que l'on peut avoir à se reconstruire après un tel traumatisme. »*

EXERCICE D'ENTRAÎNEMENT N° 7

(30 minutes)

La description militante!

Étape 1: Allez sur un site pornographique.

Étape 2: Cliquez sur une recherche que vous n'avez jamais faite auparavant (les catégories ou tags sont là pour vous aider) et/ou pour laquelle vous n'avez pas grand intérêt sexuel.

Étape 3: Cliquez sur une scène et décrivez-la de façon la plus précise possible, à la troisième personne. Essayez de comprendre les mobiles des personnages, leur passé, inventez-leur des pensées, des sensations.

Étape 4: Fermez votre écran et allez vous aérer l'esprit.

Étape 5: Relisez votre texte. Est-ce crédible?
Sinon, réitérez l'exercice.

Supprimez l'historique de navigation.
(Merci qui?)

À participer à une révolution

« Lire des livres érotiques, les faire connaître, les écrire, c'est préparer le monde de demain à la vraie révolution », écrivait Boris Vian. Bien évidemment, démocratiser un certain type de sexualité, c'est déjà une révolution en soi. Mais ce serait la limiter que de la définir comme un simple vecteur d'agrandissement de nos pratiques sexuelles.

La littérature érotique porte aussi l'étendard d'autres combats, plus sociétaux. On pourrait citer en premier lieu celui des luttes féministes qui ont vu dans ce terrain de jeu un formidable moyen de reprendre le pouvoir de leur sexualité.

> **Alexandra DESTAIS, docteure en littérature française, autrice d'*Éros au féminin* (Klincksieck, 2014) conférencière et déléguée aux droits des femmes, entretien de septembre 2018 :**
> *« L'érotisme a été l'apanage des auteurs masculins pendant des siècles. Chez Sade, Georges Bataille, André Pieyre de Mandiargues, etc., les femmes n'étaient alors que des objets thématiques, sexuellement corvéables à merci et non des sujets érotiques à part entière. Il fallait que les femmes prennent la parole pour se positionner comme des sujets de désir, porteuses d'une autre vision du sexe et non plus comme des supports masturbatoires au service des envies masculines. »*

Des livres qui mettent à jour également l'anatomie, parfois culturellement passée sous silence, comme par exemple *Le Sexe de la femme* publié pour la première fois en 1967 par Gérard Zwang sur lequel l'*Express* s'exprimait en ces termes : « *On y découvre non seulement l'anatomie et la physiologie d'un organe peu représenté et très mal connu (on peut utiliser sans connaître) quand il n'est pas méprisé par les deux sexes pour cause de misogynie générale et traditionnelle.* »

Évidemment, la littérature érotique porte également la lutte contre les idéaux, la morale, la politique, en particulier au temps des Lumières. On pourrait bien naturellement citer Sade qui défendait au moins l'athéisme et le matérialisme, voire questionnait perpétuellement l'immoralité, à travers ses œuvres (*Justine ou les Malheurs de la Vertu*, *La Philosophie dans le boudoir*, etc.).

« ***Pornographie et philosophie ne se distinguent pas catégoriquement à l'ère des Lumières****. [...] la critique sociale et politique [...] passe par le dévoilement de ses effets obscurs sur les corps et leur économie. Parler, écrire, mettre en scène le sexe et ses catégories, c'est parler de beaucoup plus que du sexe. Les désordres, les régulations des corps individuels engagent ou trahissent ceux du corps politique et social* », écrivait Anne F. Garréta à propos du Divin Marquis dans le *Magazine littéraire* en, 2008 – « Le désir libertin, allumeur de Lumières. »

Baise-moi de Virginie Despentes ou *La Vie sexuelle de Catherine M.* de Catherine Millet insistent sur la désacralisation du corps féminin, un débat que l'on retrouve aujourd'hui quand il s'agit de légiférer sur les travailleuses du sexe.

On pourrait également citer, plus largement, **toutes les luttes contre la censure portées par les auteur·e·s et les maisons d'édition**, et qui sont encore réellement d'actualité aujourd'hui. Marie-Anne Paveau dans *Le Discours pornographique* (La Musardine, 2014) y voit un moyen de museler un discours qui dérange : « *La censure dont les textes pornographiques ont toujours fait et font toujours l'objet, à des degrés variés, ne se justifie pas seulement par la transgression des "bonnes mœurs" ou des lois protégeant les mineurs. Elle a aussi ses fondements sur le plan plus philosophique et anthropologique des normes, et de ce que Michel Foucault appelle les techniques de normalisation :* ***la pornographie, non seulement spectacularise le sexe, mais le met en discours, et parfois, non sans talent. C'est sans doute ce discours qui menace les normativités normales.*** »

La littérature érotique, un vecteur politique ? Tout à fait ! Elle questionne notre représentation du monde et peut bousculer notre ordre établi... notre stylo est notre meilleure façon de redessiner une société qui nous convienne, en convainquant lecteur après lecteur d'adhérer à nos idées.

> **Changer les mentalités avec un texte érotique.**
> Extrait de *Ce qui trouble Lola*, Françoise Simpère, éditions Blanche, 2004.
> « *— Dis donc, Thierry, tu connais la différence entre une pute et une salope ?*
> *L'interpellé ouvre la bouche pour répondre, rien ne vient, c'est trop bête, il l'a vue lui aussi, un copain la lui a expédiée sur son PC, mais impossible de s'en souvenir. Le troisième a la réponse, il déclame fièrement :*
> *— La pute baise avec tout le monde, même avec toi. La salope baise avec tout le monde, sauf avec toi.*
> *[...] Lola lève la main comme si elle avait besoin de quelque chose, le patron du bistrot l'avait oubliée, il l'interroge du regard. D'une voix claire, sereine, elle lance :*

— *Je voudrais savoir :* ***moi qui aime baiser avec beaucoup de monde, mais pas forcément tout le monde et pas forcément vous, je suis quoi : une demi-salope ou un quart de pute ?*** »

EXERCICE D'ENTRAÎNEMENT N° 8

(20 minutes)

Le plaidoyer

Étape 1 : Mettez-vous dans la peau d'un avocat et trouvez trois arguments en faveur de la **réouverture des maisons closes**. Écrivez-les sur une feuille.

Étape 2 : Trouvez des contre-arguments pour chacun de ces arguments, appuyez-vous de faits divers, de décisions de justice, d'œuvres littéraires. N'hésitez pas à enquêter sur l'histoire des maisons closes, à en connaître les principaux noms et à découvrir les lois qui ont tout fait basculer.

Étape 3 : Tranchez.

Étape 4 : Réitérez l'exercice avec :

- la législation GPA (Gestation pour Autrui)
- l'allègement des peines pour viol
- la censure de contenu pornographique pour les mineurs
- la libre circulation de la pornographie zoophile

À élargir sa culture générale

Oui, parce que si quelqu'un vous parle de « chibre », n'imaginez pas qu'il s'agisse d'une destination touristique ensoleillée. Vous nous direz merci au prochain repas de Noël chez mamie.

Quels sont les ressorts de l'écriture érotique ?

Ce que j'appellerai dans cette partie un « ressort » n'est autre qu'une façon d'**aborder la description d'un acte sexuel** afin d'actionner des leviers communs à de nombreux lecteurs.

Bien que cette liste soit non exhaustive, elle a pour point commun de lister des **techniques récurrentes dans de nombreux textes** qui ont survécu au passage du temps (enfin, disons qu'ils sont tout de même bien imbibés d'un héritage judéo-chrétien). S'il existe évidemment des spécificités propres à chaque lecteur et que chaque regard à une sensibilité singulière face à un texte, voilà quelques trucs qui pourront vous servir si vous ne savez pas du tout par quoi commencer.

Pour cette partie, l'exercice d'entraînement sera une constante : décrire une fellation sur un paragraphe (environ 15 phrases). **Variez votre ressort pour chaque description !**

La description physique

La description physique est un passage très fréquent dans la littérature érotique et présuppose qu'il y a, chez l'auteur·e ou le·la lecteur·trice, **un plaisir scopique** – ce même plaisir qui fait le succès du porno aujourd'hui.

Le plaisir scopique, késako ?

Le *Journal des femmes* le définit de cette façon (https ://sante-medecine.journaldesfemmes.fr/faq/42906-scoptophilie-pulsion-scopique-definition) : « *La scopophilie ou pulsion scopique fait partie des pulsions sexuelles courantes selon Freud. La scopophilie désigne plus exactement la prise de plaisir en regardant quelqu'un d'autre.* ***La personne observée ne serait perçue que comme un simple objet, que le scopophile aurait l'impression de contrôler en le regardant.*** »

Décrire un physique permettrait donc de transformer le lecteur en voyeur actif, assistant à une scène à l'insu des personnages qui ignorent tout de leur potentielle exhibition.

Vénus indienne **(1898), Capitaine Charles Devereux, version traduite par P.-Victor Kahn (La Musardine, collection « Lectures amoureuses », 1999).**

« À peine couverte de son jupon, elle était couchée sur le dos, les bras repliés derrière sa jolie tête en un geste plein de grâce et d'abandon montrant de mon côté une petite touffe de poils sous l'aisselle. Sa poitrine était à moitié découverte avec ses deux seins si bien placés, si ronds, luisants et fermes. Un genou, le plus proche de moi, était replié, son ravissant

petit pied posé sur le drap, un pied qui aurait charmé le sculpteur le plus difficile, tandis que son autre jambe nue presque jusqu'à l'aine s'allongeait de tout son long jusqu'au rebord du lit, de sorte que ses cuisses voluptueuses étaient écartées. »

Si l'on reprend la comparaison avec le porno, le gros plan, qui est une façon de pouvoir se permettre un effet « loupe » dans l'intimité des personnages, est un procédé souvent employé.

« On a souvent remarqué que l'écriture du X, et en particulier des scènes de sexe, **repose sur la fragmentation***. L'exigence des gros plans d'intromission imposerait un passage inopiné d'un plan d'ensemble au close-up anatomique, ou d'un gros plan à un autre gros plan, sans véritables raccords* », constatait Julien Servois dans *Le cinéma pornographique : un genre dans tous ses états* (Vrin, 2009).

Si la succession de gros plans est une des façons de décrire la scène, n'oubliez pas que contrairement aux films pornographiques, vous avez beaucoup plus de mobilité dans votre « caméra ». N'hésitez pas à vous en servir pour dynamiser la scène.

À VOUS DE JOUER !

Décrivez une scène de fellation avec pour ressort érotique la description physique.

« La bosse qui se devinait à travers le coton de son caleçon ne laissait aucun doute sur l'excitation que l'anticipation impatiente de la suite des opérations éveillait en lui. J'ai alors découvert

l'engin, le monstre, pour la première fois. J'ai tiré très doucement sur l'élastique et j'ai vu le bout de son gland : un petit urètre, timide, baveux, semblait me sourire. Il trônait sur un gland épais, aux bords retroussés, décalotté à son maximum. Il semblait vouloir s'échapper de ce corps qui le retenait pourtant fermement à lui, j'ai alors tiré un peu plus sur le mince vêtement. De consistantes veines encerclaient le long bout de chair, qui s'érigeait sur plusieurs centimètres. Bleues et rouges, elles s'enrubannaient merveilleusement autour de cette forme raidie, un peu recourbée vers le haut. La peau était fine, encore souple, et recouverte à la base par quelques poils blonds que la sueur maintenait collés. J'ai alors posé délicatement mes lèvres sur le bout de son sexe. »

La description sensuelle

Maintenant, plaçons cette même scène dans le noir. Que ressentez-vous ?

> ***Alice et autres nouvelles* (1940) de Anaïs Nin (La Musardine, collection « Lectures amoureuses », 2010)**
> *« [...] l'huile virginale, qui ne coule jamais deux fois, s'échappait de sa coupe pour venir oindre l'instrument vainqueur de l'heureux Phœbus. Il en sentit rapidement les effets sur son gland ; il avait peine à se contenir ; il haletait ; ses hanches commencèrent de se contracter malgré lui [...] Son gland était à présent baigné de ce baume qui incessamment fulgurait en frissons brûlants dans tous ses nerfs. »*

Plus intime, car nécessairement subjective et donc passée par le filtre d'un narrateur, la description sensuelle agit sur le lecteur comme un miroir.

N'oubliez pas que la description sensuelle se doit d'être réaliste !

Évitez tous les clichés super simplistes du style « voir un feu d'artifice » au moment de l'orgasme et surtout – SURTOUT –, ressentir l'état amoureux n'a rien à voir avec « des papillons dans le ventre » (*sic* !, ou alors il me faut d'urgence le numéro de votre gastro-entérologue).

Soyez plus précis, graduez votre montée sensuelle, ou vous risquez réellement de laisser le lecteur sur le carreau.

À VOUS DE JOUER !

Décrivez une scène de fellation avec pour ressort érotique la description sensuelle.

« Son pénis avait un goût très particulier, un goût que je n'avais que peu connu. Un mélange sucré salé aux notes boisées, un mélange de sueur, de sécrétions naturelles, et de ce petit truc à lui. Ce n'était ni bon, ni mauvais, juste différent de tout ce que je pouvais avoir testé auparavant. La tiédeur de son membre était délicieusement érotique, alors j'ai commencé quelques allées et venues. Son gland butait contre ma joue, déformant légèrement, dans une caresse troublante, le bas de mon visage. Ça ne faisait pas mal, c'en était même excitant. Comme si je l'avalais tout entier, à pleine bouche. »

Les sentiments

Ressort érotique par excellence de la New Romance, les sentiments peuvent ajouter un enjeu considérable à la scène sexuelle : non plus l'enjeu du cul, mais celui du cœur.

> **New Romance, késako ?**
> **Wikipédia : Sous-genre de la romance.**
> *« La romance érotique (erotic romance) est un mélange de romance et de roman érotique.*
> *Il se caractérise par un contenu sexuellement plus explicite et peut contenir des éléments de n'importe quel sous-genre. [...] tandis que les romans pornographiques ou érotiques se focalisent uniquement sur les actes sexuels, la romance érotique n'oublie pas les sentiments des personnages, elle reste avant tout une romance. »*

L'ocytocine, sécrétée lors de l'orgasme, favorise le rapprochement entre les êtres – mais elle n'est pas répartie également selon les deux amants, et surtout elle n'est pas la seule hormone à entrer en jeu. Les sentiments, qu'ils soient haineux, amoureux, colériques, admiratifs, etc., ajoutent une dimension supplémentaire à la relation sexuelle, celle du temps. La relation entre les êtres peut alors revêtir la promesse d'un avenir plus radieux, d'un conflit qui se termine ou d'un rapport à soi qui va se modifier. Les sentiments inscrivent la relation sexuelle dans un tout plus grand que la rencontre de deux corps, et y donnent parfois un sens.

Par exemple, dans *Petites Alliées* (1918) de Miss Clary F. (La Musardine, collection « Lectures amoureuses »,

2007), c'est bien les sentiments qui donnent un caractère impérissable au souvenir de Nelly :

« Nelly, en se glissant dans son étroite couchette, avait encore un frisson de désir, en se remémorant la scène d'amour à laquelle elle avait assisté. »

Attention ! Les sentiments ne sont pas nécessairement qu'« amoureux ». Ils peuvent aussi être ceux associés au regard que l'on porte sur son propre corps, à la gêne de l'autre, à la colère, à la haine, à la curiosité de la découverte... Il en existe toute une palette, à vous de jouer avec !

À VOUS DE JOUER !

Décrivez une scène de fellation avec pour ressort érotique les sentiments.

« Enfin, il me dévoilait son membre. Je voyais à son regard que cet instant avait quelque chose d'exceptionnel, il complexait beaucoup sur ce symbole viril, il me l'avait dit. Mais en un coup brusque, il a fait valser son caleçon et une quinzaine de centimètres me faisaient maintenant face, sans vaciller. À l'inverse de son érection, il se tortillait sur place, les mains dans le dos, tel un petit garçon, examinant dans une angoisse impatiente le moindre signe d'approbation sur mon visage. Je n'osais lui démontrer tout de suite à quel point j'étais fière de lui, et flattée de son offrande. Il se livrait à moi jusque dans ses faiblesses les plus intimes, alors j'ai commencé à le sucer un peu. Il s'est laissé faire dans un tressautement enjoué, rassuré que je l'accueille enfin en moi. »

Les rapports de pouvoir

LA VIOLENCE

La violence et le sexe sont deux amis dont les frontières sont parfois poreuses, en particulier dans le langage.

Quand on parle d'une violence, ou d'une domination, consentie ou non, faite sur l'autre, le sexe n'est jamais très loin.

« Pourquoi le langage du sexe est-il si souvent celui de la destruction ? » de Lucile Quillet, slate.fr, octobre 2018

« Dans le sport, le vainqueur "nique l'adversaire", il "l'encule", il lui "met profond", explique le sexologue Philippe Arlin, auteur de Sexuellement incorrect. *C'est un vocabulaire homophobe et misogyne qui s'adresse au passif, où seul le pénis peut triompher. [...]* ***Le champ lexical de la guerre a toujours fait partie des quatre familles de vocabulaire*** *souvent utilisées pour parler de sexe, aux côtés de celles du labeur (la femme est une terre fertile que l'homme, outil agricole, doit féconder), du voyage (cher à Baudelaire) et du jeu. »*

Attention, je ne vous dis pas que vous « devez » l'utiliser ou que vous ne pouvez pas utiliser la terre fertile, le jeu ou le voyage à la place. Mais voilà, **la guerre et la violence**, c'est un champ lexical souvent exploité, qui a fait ses preuves, et qui fleurit encore sur les plateformes pornographiques : « Jeune amatrice se fait percer le cul par une bite d'étudiant », « Trois étudiantes se font démonter par le prof » (titres trouvés au hasard sur Pornhub en 2019).

On pourrait l'expliquer par le fait que la sexualité est nichée dans une des parties les plus primaires de notre cerveau, là où se cachent les instincts les plus simples, là où règne encore la loi du plus fort. Que nous avons intériorisé également des siècles de construction culturelle érotique autour d'un pénis qui a été perçu comme un instrument de conquête des femmes, comme des ressources à posséder.

On pourrait aussi parler de **la théorie de la préparation** dont parle Peggy Sastre dans « Rien de plus normal que l'envie de domination ou de soumission au lit » (slate.fr, janvier 2019)

« Les chercheurs concluent que l'envie sexuelle d'agression et d'humiliation "constitue une variation normale du désir sexuel" et que la prévalence relativement élevée de ces désirs est un solide indice de leur fonction évolutive. Du côté féminin, les fantasmes de soumission pourraient notamment s'expliquer par la "théorie de la préparation" [...] Selon cette théorie, la sexualité féminine intègre une dimension consciente et active à tout ***un module réactif, hérité des temps où elles n'avaient pas beaucoup de possibilités d'éviter un rapport non consenti et où le mieux (ou le moins pire) était encore de se protéger contre des blessures parfois mortelles.*** *»*

Mais bref, qu'on le veuille ou non, nous sommes bien obligés de lui reconnaître une certaine efficacité.

***Gamiani ou Deux nuits d'excès*, Alfred de Musset, 1833 (La Musardine, collection « Lectures amoureuses », 2008)**

« Le plus généreux étalon, dans toute sa puissance, ne se fût pas montré, en grosseur du moins, avec plus d'avantage. Je ne pouvais croire qu'il y aurait introduction, lorsqu'à ma grande surprise, cinq ou six attaques forcenées, au milieu des

cris aigus et déchirants suffirent pour engloutir et dérober cette énorme machine. La comtesse souffrait comme une damnée [...] »

À VOUS DE JOUER !

Décrivez une scène de fellation avec pour ressort érotique la violence.

« Il a enfoncé en forçant mes lèvres son sexe qui bandait durement. Il tenait ma tête bien fermement dans sa poigne, me contraignant à l'immobilité la plus absolue. Je l'ai avalé de la façon qui me faisait le moins mal, évitant du mieux que je pouvais les coups qui ripaient contre mes joues et ma langue. Je ne savais pas quoi faire de ma bave, alors je l'ai laissée couler sur le parquet en bois. Il m'était impossible de l'avaler, et sa bite m'obligeait à en fabriquer en quantité astronomique. De la morve me coulait par le nez, mes yeux pleuraient, mais je tenais bon. Je ne voulais pas qu'il devine le tumulte que la dureté de ses gestes provoquait en moi. »

L'HUMILIATION

C'est une autre forme de violence, qui suppose un peu plus d'élégance et de raffinement. Elle se traduit souvent dans le langage, qui se veut insultant, dégradant, pour un effet psychologique immédiat.

« Une des formes les plus remarquables [...] est le juron ou l'insulte, bien connue des amateurs de pornographie littéraire ou filmée : utilisée de manière inversée ou parodique, ***elle est utilisée comme stimulant sexuel qui permet de faire intervenir le fantasme dans la relation.*** *»* (*Le Dire et le Jouir, Ce qu'on se dit au lit*, François Perea, collection « L'attrape-corps », La Musardine, 2017).

Mais l'humiliation peut également se retrouver dans la mise en place de certaines situations ! Si vous ne savez pas où puiser l'inspiration pour en trouver de bien perverses, je vous invite à aller fouiner du côté du **BDSM (Bondage Discipline Domination Soumission Sado-Masochisme)**, ressource inépuisable de créativité dans le monde de l'érotisme.

BDSMAttitude.com : « Humilier sa partenaire dans le SM »

- Les insultes et abus verbaux.
- Les atteintes physiques : éjaculation faciale, crachat, gifles sur le visage.
- L'exécution des tâches dégradantes, comme nettoyer les cuvettes de W.-C. avec une brosse à dents.
- L'ondinisme et la scatophilie : obliger ou empêcher la soumise de satisfaire ses fonctions naturelles ou, au contraire, l'y contraindre.
- L'obligation d'un maintien humble et servile comme ne pas regarder dans les yeux, marcher la tête basse ou à

quatre pattes, ne parler que sur ordre, manger à même le sol…
• Le rabaissement au rang de bête : la soumise est forcée à manger de la pâtée pour chien ou à boire dans une gamelle… Cette pratique est à distinguer du PetPlay, qui consiste à forcer la soumise à adopter le comportement d'un animal, généralement une chatte ou une chienne.
• Le travestissement forcé, comme l'obligation à s'habiller en esclave, en soubrette…

Et enfin, si votre allergie au latex vous empêche de vraiment vous y intéresser, vous pouvez simplement aller chercher du côté des **humiliations dans l'éducation**, qui sont entre autres plébiscitées par notre cher Jean-Jacques Rousseau (on a toujours plus ou moins en mémoire son intellectualisation de la fessée de Mademoiselle Lambercier dans *Les Confessions*).

À VOUS DE JOUER !

Décrivez une scène de fellation avec pour ressort érotique l'humiliation.

« Je devais le sucer, c'était un ordre. Sa bite s'érigeait comme un totem à travers la braguette de son pantalon, seul morceau de chair qu'il exposait à l'air libre. Derrière son masque, je ne savais pas à qui j'avais à faire. Même ses mains étaient recouvertes de cuir. Alors, je l'ai sucé, d'abord doucement, pour tester sa température, puis, écoutant les grognements de désapprobation de sa gorge, j'ai accéléré le rythme. Je crois qu'un mec a dit à haute voix "Quelle bonne suceuse, celle-là !", ce qui a provoqué quelques rires étouffés dans l'assemblée. Je ne m'étais jamais donnée en spectacle auparavant et je ne savais absolument pas ce qu'ils pensaient de moi à ce moment-là. J'aurais voulu qu'il

y ait de la fierté. "Continue de sucer, chienne". J'espérais que derrière ce "chienne", il y avait un peu d'amour.»

LE TRANSGRESSIF

Quand nous parlons de rapport de pouvoir, il en existe un suprême, auquel la littérature érotique adore se frotter : **la morale. Le mécanisme de la culpabilité érotique ou celui de toute-puissance** liés à la transgression des règles les plus élémentaires de vie en société fonctionnent à merveille !

Le transgressif se décline à travers n'importe quelle pratique qui sort du cadre de la morale (même si elle n'est pas associée à de la violence directement) ! L'adultère, les écarts d'âge, l'exhibition, la zoophilie, la scatophilie, « tout ce qui ne doit pas être fait sexuellement » fonctionne ! Et plus vous mettez de lois pour moraliser et contenir une sexualité, plus vous créez de ressorts érotiques associés.

***La Femme aux chiens*, L'Érotin, 1921 (La Musardine, collection « Lectures amoureuses », 2012)**

« Regardant de tous côtés si personne ne pouvait la surprendre, elle se faufila derrière un taillis, se jeta à quatre pattes comme elle en avait l'habitude, et, sans encore trousser ses jupes, appela le chien. [...] Par deux fois elle dut le placer sur le con qu'il enfila très brillamment, et elle jouit sous sa volupté, peut-être plus qu'avec ses gros chiens, à cause de l'imprévu de la chose. Puis, tout aussi honteuse que le toutou, elle se releva pour se diriger vers le gymnase, tandis qu'il détalait d'un autre côté. »

À VOUS DE JOUER !

Décrivez une scène de fellation avec pour ressort érotique le transgressif.

« Son sexe était assez petit, une dizaine de centimètres tout au plus, mais il m'impressionnait. Le regarder me mettait dans une espèce de transe hypnotique : impossible d'en détourner mon regard. Certes, il était beaucoup plus rouge et beaucoup plus poilu que ceux que j'avais connus auparavant, mais qu'allait-il se passer quand je le sentirais en moi ? Comment allait-il réagir ? Est-ce qu'il jouirait vite ? Fallait-il le sucer en entier ou lécher juste le bord ? J'ai décidé d'abandonner mon flot de questions pour me lancer directement dans l'affaire, devinant au bruit de ses aboiements enjoués, le rythme sur lequel je devais imprimer ma succion. Sage, il se laissait faire, sans trop remuer la queue. »

Et quand il s'agit de pratiques transgressives, le dégoût n'est jamais très loin.

LE DÉGOÛT

Décrire tout le champ lexical de la saleté (en particulier corporelle), du manque d'hygiène, des risques sanitaires, du laid – comme la sueur, la morve, la salive, l'urine, les règles fermentées, les fortes odeurs, l'haleine putride – et les lieux qui y sont associés comme les toilettes publiques, les parkings souterrains, le local à poubelle, les camps de SDF, etc., fonctionne très bien en matière d'érotisme.

Et je dirais même qu'il fonctionne particulièrement bien sur… les femmes.

Avant de me jeter la pierre du sexisme, j'invoque Peggy Sastre qui expliquait l'intérêt des femmes pour le dégoût comme une évolution biologique nécessaire dans *Comment l'amour empoisonne les femmes* (éditions Anne Carrière, 2018) : *« Si le sentiment est universel [...] les femmes ont probablement rencontré des pressions sélectives spécifiques valorisant une sensibilité au dégoût exacerbée, notamment par rapport aux maladies sexuellement transmissibles, aux indices de contamination et aux choix d'un partenaire suboptimal. »*

Intimement lié à notre sexualité, le dégoût est donc un facteur non négligeable avec lequel jouer.

Et évidemment, il serait difficile de ne pas vous ouvrir les portes d'un des plus grands adeptes de l'érotico-crado, James Joyce lui-même, dont les écrits épistolaires ont influencé de nombreux descendants (dont le chanteur Arthur H) :

Lettre de James Joyce à Nora Barnacle, décembre 1909 (*Lettres à Nora*, Rivages Poche, 2012)

« Tu avais un cul plein de pets cette nuit mon amour, et je t'en ai vidé en te baisant, des gros et gras sympathiques, de longs venteux, de simples petits craquements rapides, et beaucoup de vilains petits pets minuscules s'achevant par un long souffle de ton trou. C'est merveilleux de baiser une femme qui pète quand chaque coup de reins lui en fait sortir un. Je crois que je reconnaîtrais les pets de Nora en tous lieux. Je crois que je pourrais les distinguer dans une pièce pleine de femmes qui pètent. Ils ressemblent à un bruit de petite fille, et non aux pets humides et venteux dont j'imagine que les grasses épouses sont capables. Ils sont soudains, secs et sales comme ceux qu'une fillette insolente lâcherait la nuit pour rire dans le dortoir d'un pensionnat. Je souhaite que Nora ne cesse jamais de me péter à la face pour que je puisse connaître toujours leur odeur. »

À VOUS DE JOUER !

Décrivez une scène de fellation avec pour ressort érotique du dégoût.

« Il a sorti son pénis poisseux de son slip, initialement blanc, mais que les années de lavage en machine avait rendu jaunâtre. Cela sentait le poisson chaud, le poisson qui sort tout juste de sa papillote, sans le citron pour amoindrir l'amertume et sans les condiments, juste l'odeur de la mer et d'un cadavre d'un ancien être vivant. Ça empestait, mais je l'ai tout même avalée, feignant l'appétit. "Grosse gloutonne !" m'a-t-il balancé en remontant ses couilles contre mon menton. Sa peau fripée et ses poils qui m'irritaient la joue comme de la paille ont failli me provoquer un haut-le-cœur, mais j'ai tenu bon. Mon regard continuait à défier son air de merlan frit. Tant que le regard continuait, j'avais gagné la partie. »

Le jeu, l'initiation et l'infantilisation

« Chatouilles », « papouilles », « suçotements », « jeux érotiques », « pipi », « zizi », oui, les histoires érotiques sont aussi le théâtre d'un univers enfantin, propre à la découverte décomplexée et innocente, à l'apprentissage.

> **Le monde.fr, « La face noire du sexe pop et ludique », Maïa Mazaurette**
> *« Jouets sexuels, poupées, galipettes et cochonneries : **le vocabulaire que nous utilisons pour parler de sexualité ressemble furieusement à celui d'un goûter d'anniversaire**, option dernière année de maternelle. Non seulement il faut jouir, mais il faut s'amuser en jouissant. […] Le ludique masque l'enfance, d'accord. Mais pourquoi cet imaginaire-là ? »*

Alors, pourquoi ? Une des premières réponses voudrait bien sûr que l'on rejoue dans la sexualité une partie de notre enfance, notre fusion avec notre maman, ce sentiment transcendant d'amour et d'existence à travers les yeux d'un autre être humain, le toucher constant d'une autre peau contre la nôtre…

On pourrait aussi imaginer que ce champ lexical adoucit et rend « acceptable » notre sexualité ? S'il s'agit d'un « jeu anal entre adultes consentants », c'est moins flippant que de décrire « une sodomie violente qui provoque une hémorragie interne »…

Le ludique a la force de la dédramatisation, utilisez-le à bon escient ! (Par exemple, si vous envoyez un message érotique à une amie un peu coincée, que vous écrivez pour un lectorat très pudique ou que votre narrateur est un jeune homme de 18 ans qui connaît ses premiers émois.)

À VOUS DE JOUER !

Décrivez une scène de fellation avec pour ressort érotique l'infantilisation.

« Sa zézette me donnait vraiment faim. Enfin, le terme n'est pas tout à fait juste ! A-t-on encore faim lorsque l'on a déjà bien mangé ? Non ! C'était de la pure gourmandise ! Un petit bonbon sucré, qui vient mentholer l'haleine. Je l'ai porté en bouche. Mmmh, je jouais avec ses petites couilles qui ricochaient l'une sur l'autre, comme deux petits soldats batailleurs. Je riais, même si pour lui le moment avait l'air sérieux. »

L'autobiographie

Qui ne s'est jamais ému en voyant « inspiré d'une histoire vraie » arriver à la fin d'un film particulièrement touchant ? L'autobiographie érotique, ou tout du moins sa publication auprès du grand public, permet de remplir trois fonctions :

• La première est **voyeuriste**. L'intime de l'autre nous intéresse dans sa façon qu'il a de nous indiquer les vulnérabilités de l'auteur·e. Un monde secret qu'il nous faut souvent batailler pour obtenir, soit en brisant la glace durant de longues heures durant un tête-à-tête infini, soit en se livrant également à l'autre, comme une monnaie d'échange. Mais cette fois-ci, il suffit d'ouvrir un livre pour avoir accès à ces trésors. Plus simple, non ?

• La seconde est celle de **la comparaison**. À travers un récit autobiographique, la question du « suis-je normal·e ? » peut demeurer en toile de fond de n'importe quel lecteur ou lectrice. Ai-je vécu autant d'aventures sexuelles que l'auteur·e ? Ai-je les mêmes problèmes avec les femmes, avec les hommes ? Ai-je les mêmes questionnements sur mon anatomie ?

• La troisième est celle **de l'apprentissage**. À travers le témoignage d'un serial baiseur, on pourra penser apprendre sur des techniques de séduction. À travers le récit intime d'un maître dominateur, un lecteur curieux pourra espérer apprendre des techniques pour sa propre soumise, etc.

L'autobiographie permet une approche de la sexualité dont **la sincérité excuse parfois un texte qui manque de structure narrative ou de qualité littéraire**. C'est par exemple le cas pour le très célèbre *La Vie sexuelle de Catherine M.* (Catherine Millet, Seuil, 2001) dont on explique en partie le succès par l'intérêt autobiographique.

« Si son texte s'avère assez ennuyeux et sans grand intérêt littéraire, Catherine Millet s'exprime avec ***un naturel confondant, une sincérité indiscutable, une intelligence certaine*** » écrivait Delphine Peras, dans l'express.fr (« Catherine Millet – les partouzes d'une intello », 2008).

Un texte ennuyeux qui a séduit plus d'un million de lecteurs en France. Merci l'autobiographie !

L'humour

« *Vous connaissez l'histoire de l'homme qui a cinq zizis ? Son slip lui va comme un gant.* »

Si l'humour n'est pas réellement un « ressort érotique » en tant que tel (lire ma blague ne vous a pas excité, n'exagérons rien), il n'en demeure pas moins une constante importante, commune à de nombreux textes érotiques. Certaines œuvres érotiques ont même pour unique ambition de vous faire rire avec le cul. C'est le cas par exemple de tous les ouvrages parus dans la collection « Le sexe qui rit » de La Musardine.

Marie-Anne Paveau, dans *Le Discours pornographique* (La Musardine), en est la première observatrice : « *La pornographie, c'est drôle. On s'y amuse. Les textes pornographiques sont pleins de jeux de mots sexuels, et le jeu de mots est lui-même définitoire du genre. Les pastiches et les parodies y abondent, tant au niveau des textes que des titres [...] Un trait récurrent dans le texte pornographique est le pastiche, c'est-à-dire* ***l'imitation du style de textes canoniques ou normatifs, en tout cas reconnus et légitimés par les autorités culturelles d'une société.*** »

On peut citer en exemple *Catéchisme libertin à l'usage des filles de joie et de jeunes demoiselles qui se décident à embrasser cette profession* de Théroigne de Méricourt, dans lequel on trouve, en 1791, le pastiche d'un des textes les plus intouchables de notre culture judéo-chrétienne :

« Sainte Madeleine, patronne des garces, soyez-nous propice.

Sainte Messaline, l'exemple des fouteurs, protégez-nous.

Sainte Dolonne, dont le con brûlait d'ardeur, secondez nos efforts.

Sainte Julie, miroir des putains de Rome, donnez-nous votre chaleur. »

Et au-delà du pastiche ? Il y a évidemment **la parodie**, où l'on reprend des personnages célèbres, des lieux et des événements connus de tous pour s'en moquer (par exemple, inventer une histoire de partouze sur un rond-point avec des Gilets Jaunes).

Les contrepèteries peuvent aussi être utilisées dans les textes érotiques pour jouer de la complicité avec le lecteur. *« Tout comme les bons "limericks" anglo-saxons, les meilleures contrepèteries comportent un sens, plus ou moins caché, bien entendu, mais toujours, au choix du lecteur, indécent, obscène, libertin, osé, érotique, etc. »* appuyait Jean-Jacques Pauvert dans sa préface au livre de Jacques Antel, *Le Tout de mon Cru*, qui propose 500 contrepèteries originales. Avec, entre autres : « Il faudrait une bonne **pu**rge à cette **vai**sselle » ou encore « La fiancée a une **t**ante qui a reçu beaucoup de **fr**ic ».

EXERCICE D'ENTRAÎNEMENT N° 9

Comment inventer une bonne contrepèterie cochonne ?

Il vous suffit de cinq étapes faciles !
Étape 1 : Trouvez un mot tabou
Par exemple : *Nichon*
Étape 2 : Trouvez un mot « d'arrivée » qui ne diffère que par un « son » du mot de départ
Par exemple : *Bouchon*
Étape 3 : Relevez les « sons » changeants
En l'occurrence : ni/bou
Étape 4 : Trouvez des mots qui fonctionnent avec ces deux sons
Par exemple : **Ni**che/**Bou**che
Étape 5 : Et trouvez une phrase avec « niche » et « bouchon »

Par exemple : Elle avait placé dans sa **ni**che un très beau **bou**chon
Et ça donne : Elle avait placé dans sa **bou**che un très beau **ni**chon

À VOUS DE JOUER !

VOTRE CONTREPÈTERIE :

Étape 1 ....
Étape 2 ....
Étape 3 ....
Étape 4 ...
Étape 5 ....

Et pourquoi le sexe et l'humour fonctionnent-ils si bien ensemble ? Pour Arnaud Demanche, auteur et humoriste (entretien de décembre 2018) : *« Il y a un rapport à l'enfance. Quand on est gamin, on n'a pas le droit* *de dire des gros mots, et les gros mots sont souvent sexuels. Il y a un plaisir coupable, jouissif ; on y retrouve le rire que nous interdisaient nos parents. Il y a encore une puissance transgressive dans cet humour même quand on est quelqu'un de très raisonnable. C'est universel.* »

Et l'avantage de ce ressort, c'est qu'il est très riche et qu'il se décline très bien ! Arnaud Demanche complète : « *Le vocabulaire sexuel est infini, à peu près tout peut évoquer un bâton et un trou. Rien que ça. Si on écrit "l'autre jour j'ai reçu une fille, je lui ai mis mon lampadaire dans le donut", ça veut rien dire, mais on comprend. Comme il y a une infinité de mots, forcément il y a une infinité de vannes.* »

Mettez-vous dans de bonnes conditions pour écrire !

Nous venons de voir différentes façons d'aborder un texte érotique, mais vous restez tout de même bloqué·e sur votre feuille vierge. Que ce soit pour un message érotique, une nouvelle, un post sur un blog, pas d'inquiétude ! J'ai encore quelques chapitres pour arriver à vous débloquer, et je compte bien commencer par une bonne mise en condition.

Trouver l'inspiration

Ah, la fameuse « peur de la page blanche » ! Savez-vous qu'elle porte un nom ? Cela s'appelle **la leucosélophobie,** et elle se caractérise par une angoisse de perdre l'inspiration, souvent parce que l'écrivain·e est **très perfectionniste** et se dévalorise. Toutes ses idées deviennent nulles ou médiocres, sa narration reste embourbée, son style plat et neutre.

C'est le cas par exemple de Pascale, 48 ans à qui l'on a proposé plusieurs fois d'écrire sur la sexualité, en vain (entretien août 2018) : *« Je sais que je sais écrire, je tiens un blog et quand je me relis, je suis plutôt fière de moi. Mais quand c'est sous la contrainte, pour un magazine par exemple, j'en suis incapable ! Je suis allée voir une psychothérapeute pour qu'elle m'aide à m'en sortir. Et j'ai vraiment réalisé que cela devait remonter à des blessures plus profondes, liées à l'humiliation, certainement sur les bancs de l'école. J'ai une réelle peur que la personne qui reçoit mon travail se moque, voit les fautes. Et ça me bloque totalement ! J'ai l'impression que rien n'est assez bien, que cela ne plaira pas. »*

Et pourtant, si cela vous arrive aussi, rien n'est irrémédiable !

La bonne solution ? Faire de l'écriture une habitude et l'incorporer à une routine de vie. Ainsi que de se persuader qu'un travail écrit (en particulier un article, un roman ou une nouvelle) est souvent le fruit d'une relecture, de rajouts, de ratures et de suppressions – pas d'un glissement de stylo tout à fait parfait du premier coup. Et que cela vaut à la fois pour le fond et pour la forme.

Pour Laura Cherfi, love coach, une des solutions pourrait être **l'écriture méditative**: « *L'exercice est très simple. On se met une contrainte de temps – par exemple 15 minutes – et pendant cette durée, on s'interdit le droit de lever le stylo de la feuille. On écrit tout ce qui passe par la tête, sans aucune censure – si l'on ne sait plus quoi écrire, alors on écrit "je ne sais pas quoi écrire". Il faut accueillir sans jugement tout ce qui vient. Au bout des 15 minutes, en règle générale, une ou deux idées ressortent clairement.* »

EXERCICE D'ENTRAÎNEMENT N° 10

(15 minutes)

Pratiquez l'écriture méditative !

Prenez une feuille blanche, un stylo, et chronométrez-vous. Écrivez toutes vos pensées sans discontinuer.

Relisez-vous !

Pour que les idées viennent plus facilement, comme il s'agit d'écriture érotique, n'hésitez pas à travailler votre imaginaire et votre culture autour de ce sujet-là. Nous vous avons d'ailleurs préparé tout un paragraphe plus loin pour « booster votre culture », et donc votre créativité. Vous pouvez alors tout à fait vous **acheter un petit carnet** et écrire de temps à autre dedans des idées, des citations, des bons mots – et le relire pendant un trajet de métro ou avant de dormir.

Une fois que l'idée est là, ce n'est pas tout ! Il faut trouver le déroulé, les rebondissements et les mots justes. Pour Inas Chanti, coauteure du film *À genoux les gars* d'Antoine Desrosières (2018), écrire et décrire avec profondeur n'allait pas se faire sans **l'implication de son corps** : « *Lors du casting, on a dû apprendre et lire un texte qui portait sur la fellation, avec des mots qui n'étaient pas les nôtres, ça sonnait faux ! Du coup, lors de l'écriture du scénario final, on a dû faire de l'impro et écrire en même temps que l'on jouait. Nous avons interprété toutes les scènes en se demandant "que va dire ou répondre mon personnage ?", "Dans quelle posture ?", c'est ce qui donne un côté hyper réaliste !* »

De façon plus générale, qu'il s'agisse d'une deadline de temps ou d'une méthode d'écriture, **les contraintes** – si elles ne sont pas inhibantes et frustrantes – **peuvent être de formidables tuteurs au déroulé d'un texte érotique.**

Ces contraintes peuvent être un univers (le milieu religieux, par exemple), le format (un poème), un rituel d'écriture (tous les matins entre 6 et 8 heures), une deadline (avant demain soir), un personnage (ma tante Ginette), ou n'importe quoi d'autre.

Pour le Marquis de la Guénoise, amateur d'écriture érotique (entretien août 2018), « *le réel déclencheur, cela a été une correspondance internet avec la femme que je voulais séduire. Au départ je lui envoyais quelques petits mots coquins, et je m'apercevais qu'il y avait vraiment du répondant en face. Nous sommes ensuite entrés dans un jeu où je lui demandais des contraintes d'écriture pour lui envoyer des textes plus travaillés. Elle m'a dit d'écrire sur l'Égypte ou l'Antiquité romaine, car elle adorait cette période-là. Et je me suis plu à transposer des personnages réels (comme nous deux) dans une sorte de petits feuilletons, en nous transformant en Romain tout-puissant et en belle esclave. Je m'en souviens encore comme d'un merveilleux jeu érotique, un jeu qui m'a aussi permis de rentrer de plain-pied dans l'écriture.* »

Définir et limiter le champ des possibles, se laisser infuser par des idées au quotidien et trouver son propre rituel d'écriture sont autant de moyens de dire adieu à la fameuse « panne sèche ». Sans mauvais sous-entendu, bien sûr.

Et cela passe, aussi, par s'entourer d'un équipement adapté.

Bien choisir ses outils

Quand il s'agit d'écriture, il y a souvent deux écoles : ceux et celles qui préfèrent les solutions high-tech et ceux et celles qui restent très attachés au papier.

Une question de génération ? Peut-être.

Mais si votre cœur balance entre les deux et que vous n'avez toujours pas fait votre choix, voilà une liste de questions pratiques pour vous aiguiller intelligemment.

OÙ VAIS-JE ÉCRIRE ?

Si l'écriture se fait à la maison, en vacances ou dans un working space, ce n'est pas du tout la même paire de manches, en particulier car l'écriture érotique est un acte que l'**on veut souvent cacher et dissimuler.**

Le numérique a cet avantage de ne s'afficher que sur l'ordre de son utilisateur (si votre session est protégée), et de rester invisible aux yeux des curieux, la plupart du temps. Si vous ne maîtrisez pas assez bien les façons de protéger vos données numériques et/ou que l'outil numérique est utilisé par toute la famille, peut-être vaut-il mieux se rabattre sur du papier qui sera alors bien caché.

Si à l'inverse, votre espace de travail et de rangement est accessible facilement par la famille et/ou vos collègues, ce qui peut être le cas en open space, ou si toute la famille peut potentiellement ouvrir vos tiroirs, le numérique semble alors plus discret. À vous de vous adapter en fonction de votre environnement.

Si vous écrivez majoritairement dans les transports, n'hésitez pas à vous rabattre sur un matériel pratique et mobile (tablette, **smartphone**, ordinateur portable léger, etc.) ou alors à privilégier le papier **qui ne nécessite pas de chargeur**.

Smartphone, vraiment ? Eh oui ! Non seulement le « smartphone » est très discret et sécurisé, mais en plus, écrire sur son téléphone portable dans les transports en commun est une pratique en pleine expansion. Cette nouvelle écriture (très controversée pour son éventuel « appauvrissement de la littérature ») aurait même recréé un nouveau genre à part entière « le keitai shosetsu », plus concis, où l'auteur a une vraie présence et échange plus facilement avec son lecteur.

Si, en France, la tendance a du mal à s'implanter, c'est une nouvelle façon de communiquer qui peut être très inspirante dans la spécificité de l'écriture érotique qui se veut spontanée, incarnée, humaine et impulsive.

mondedulivre.fr, « Une nouvelle manière d'écrire : le *keitai shosetsu* », Pauline Duquenne Marmin, avril 2017

« Le roman de téléphone portable est une pratique qui consiste à écrire des histoires sur son smartphone, qui sont destinées à être lues uniquement sur ces appareils. Cette forme d'écriture s'inspire du roman épistolaire, mais se développe par messagerie instantanée. Ainsi, la façon d'écrire a été modifiée. Dans ces romans, ce n'est pas la qualité des phrases qui compte, mais de dire les choses de manière concise et précise. Les phrases sont donc courtes et simples, les longs paragraphes descriptifs n'ont plus leur place et ce sont les dialogues et monologues qui dominent. »

EXERCICE D'ENTRAÎNEMENT N° 11

(15 minutes)

Écrivez votre chat coquin !

Étape 1 : Trouvez deux pseudos.

Étape 2 : Faites-les chatter comme s'ils étaient sur un site de rencontre pour personnes âgées.

Étape 3 : Trouvez comment amener de la dynamique érotique tout en restant très réaliste et émouvant. N'oubliez pas qu'il est très difficile pour deux inconnus de se désirer sans s'être vus, montrez d'où vient le désir (passion commune, échange intellectuel emballant, humour, etc.).

BONUS

Étape 4 : Trouvez-vous un complice et envoyez-vous cet échange de messages, en vous renommant mutuellement par les pseudos.

Étape 5 : Faites une capture d'écran et diffusez-la sur les réseaux sociaux.

Est-elle crédible pour les autres ?

EST-CE QUE J'AI LE TEMPS D'ÉCRIRE ?

Si vous écrivez avec quelques contraintes de temps, par exemple si vous êtes auteur·e d'un blog et que la régularité de vos publications vous semble importante, le numérique s'impose comme la solution la plus rapide.

À moins que le carnet ou la lettre ne soit la finalité ultime de vos écrits, ne perdez jamais de vue que pour un roman, un article, une nouvelle ou encore un mail, **il faudra évidemment le retaper**. Et éventuellement arriver à se relire, retrouver ses notes, et les mettre dans le bon ordre. Mais si vous avez le temps, tout va bien...

EST-CE QUE J'AIME ÉCRIRE SUR LE PAPIER ?

Cette question est très importante, car l'écriture érotique est avant tout une affaire de plaisir et de sensualité.

Pour Anne Vassivière, auteure de *Parties communes* (La Musardine, 2017), c'est clairement ce qui a motivé son choix. Lors d'un entretien en août 2018, celle-ci m'a confié : *« C'est un tue-l'amour, l'ordinateur ! J'aime quand le Bic glisse, j'aime le contact de la feuille qui est organique. L'écriture érotique est une matière vivante, et donc, j'ai besoin de retrouver cette matière vivante. Quand je commence à écrire, je prends toujours bien soin de sauter des lignes, d'écrire de façon appliquée, puis je barre, je rature, je scotche des bouts de feuilles, je dessine des flèches. Je dois même parfois numéroter mes ajouts pour m'y retrouver ! »*

Mais chacun a sa propre histoire d'amour avec la feuille, le carnet et le stylo, certain·e·s y verront des outils trop scolaires, d'autres un formidable moyen de sortir d'un quotidien passé devant un écran ennuyeux.

EST-CE QUE JE RESTE SUFFISAMMENT CONCENTRÉ·E SUR MES OUTILS CONNECTÉS ?

Les réseaux sociaux, les mails, le shopping en ligne, les articles… il y a tellement de sources de distractions sur le net ou le téléphone qu'il est parfois difficile d'être extrêmement productif·ve avec ces nouvelles façons d'écrire.

Il est aussi difficile d'avoir un « brouillon » où toutes les idées restent gravées… **le numérique a cette faculté de supprimer toute trace d'essai** – ne laissant pas la place à une créativité de recherche nécessaire.

> **mariehavard.com, « Stylo vs clavier : écrire sur papier ou sur ordinateur », avril 2016, Marie**
> *« Je me suis rendu compte que j'écris plus vite lorsque j'écris sur papier (de 1 200 à 1 700 mots en 2 h sur papier contre 900 à 1 400 mots sur ordinateur). Mes idées sont plus attisées, j'ai plus d'inspiration, et j'aime rayer. Sur clavier, on ne raye pas, on efface, et les idées effacées disparaissent, on ne sait plus si le nouveau mot utilisé est réellement mieux que le précédent. En plus, j'apprécie particulièrement d'écrire des notes annexes dans les coins de feuilles. Sur le clavier, je regarde fixement l'écran et il me semble que mon inspiration s'étiole. »*

Pour ma part, j'écris majoritairement sur mon ordinateur, tout simplement, car il s'agit pour la bonne part de mon métier. Je suis donc soumise aux contraintes de temps et d'efficacité – même si j'aime bien noter quelques petites idées dans mes carnets de temps à autre !

Développer son vocabulaire

DICTIONNAIRE DES SYNONYMES UTILES

Sexe masculin
Pénis, bite, sexe, queue, zizi, zigounette, phallus, manche, biroute, braquemart, membre viril, pine, priape, quéquette, vit, schlague, bâton, tringle, verge, tige, zob, zgeg.

Testicules
Couilles, burnes, bourses, coucougnettes, roubignoles, roupettes, gonades, roustons, valseuses, burettes, scrotum.

Sexe féminin
Chatte, con, cramouille, foufoune, moule, vulve, vagin, mont de Vénus, fente, fourreau, abricot, schnek.

Seins
Nichons, Roberts, melons, poires, tétines, mamelles, aréoles, jumeaux, poitrine, lolo, buste, airbags, nichons, pare-chocs, balcon.

Fesses
Postérieur, cul, brioche, rondelle, anus, sphincter, rosette, derrière, arrière-train, croupe, croupion, séant, fessier, fion.

Mouvements de pénétration
Va-et-vient, balancement, bercement, pilonnage, astiquage, allées et venues, branlements, poussées, à-coups, coups de reins, bascules, coulissements, emboîtements, matraquage.

Mouvements de corps contre corps

Frottement, glissement, caresse, frôlement, papouille, pression, lèchement, empoignement, griffure, éraflure, lapement, titillement, chatouilles, câlinerie, accolade, pincement.

Actions de pénétrer

Pénétrer, entrer, s'empaler, défoncer, astiquer, dégommer, coulisser, emboîter, racler, ramoner, siphonner, aspirer, envelopper, engloutir, pousser, glisser, recracher, percer, nettoyer, pilonner, enfoncer, polir, accueillir, enserrer, enfermer, englober, presser, joindre, faire sien.

Embrasser

Rouler une pelle, baisoter, baiser, biser, bécoter, étreindre.

Le champ lexical de la sexualité est un ensemble ouvert qui ne cesse d'évoluer et de se réinventer. Comment nommer l'acte ? Quel niveau de langage choisir ? Doit-on dire sexe, verge, pénis, queue, bite, zizi, zigounette, poireau, phallus, chibre, braquemart, tige, membre ou organe ?

La première réponse à cette question est, bien évidemment, de savoir si vous avez **une ligne éditoriale** à respecter. Pour Franck Spengler, responsable des maisons d'édition Blanche et Hugo New Romance, il peut y avoir quelques contraintes à appréhender sous peine de voir passer son manuscrit à la poubelle. Et plus les années passent, plus le champ lexical se réduit et ne laisse pas à l'auteur le choix des possibles (entretien août 2018) : « *Il y a plein de mots qui ont disparu, qui sont désuets, comme "le con", "le chibre", "le braquemart", "la hampe". Et plein de mots qui sont trop marginaux pour être utilisés comme "pine", "zgeg", "zboub", "zizi" ou "foufoune". Les auteurs finalement ne jouent plus que sur deux mots "bite" et "queue".*

Dans la New Romance, on ne met même plus que "queue", "bite" devient trop vulgaire. »

Stéphane Rose, dans « Écrire un bon texte érotique : les 10 commandements de l'auteur débutant » sur Brain (février 2017)
« *Criez au fascisme si vous voulez, mais en matière de littérature érotique, certains mots sont interdits. Oui, interdits. Vous ne devez pas les utiliser. Jamais. En aucun cas. IN-TERDITS. Sauf si bien sûr votre but n'est pas de créer le désir, mais le dégoût. Auquel cas faites-vous plaisir, allez-y sur la "foufoune", la "bistouquette", les "nibards" et autres "grosses doudounes", et n'oubliez surtout pas de "brouter la cramouille" et de "ramoner la boîte à caca" de vos personnages. Et tant qu'à faire, rajoutez au passage quelques onomatopées, également interdites, du genre "hmmmm" ou "haaan". Mais ne venez pas vous plaindre si vous n'avez aucun lecteur. Ni aucun ami.* »

Certains esprits ont aussi tenté de classifier les mots par genre, notamment pour distinguer **le médical, le pornographique et le romantique**. Anne Débarède, par exemple, en distingue trois catégories dans la présentation du *Dico de l'amour et de la sexualité* (Seuil, 1996), rédigé avec Jean-Jacques Santiveri : « *Ceux qui désignent objectivement l'anatomie. Sans émotion et sans romantisme. Ceux qui évoquent les organes sexuels ou les pratiques amoureuses de façon rigolarde, parfois vulgaire, mais qui parlent à nos imaginations et sont surtout tellement plus proches de nos expériences intimes. Ceux, enfin, grâce auxquels les êtres humains s'avouent qu'ils se plaisent, se désirent, s'aiment se haïssent, se font plaisir ou souffrir, éprouvent du mal à se dire... ce qu'ils voudraient se dire, autrement dit, les mots d'amour.* »

Mais est-il si facile de les cloisonner dans des petits espaces bien définis ? Pour Marie-Anne Paveau, auteure de *Le Discours pornographique* (La Musardine, 2014), cette tentative de distinction ne peut pas être systématique et limpide : *« Qu'ils soient jugés "sans émotion et sans romantisme", c'est aux usagers d'en juger : dans certains contextes, les mots "vagin", "pénis", "aréole", "testicules" et "anus" peuvent contribuer à des effets d'excitation sexuelle* [...] *Par conséquent, ces trois catégories, qui ont le mérite de clarifier notre appréhension du lexique du sexe, sont bien poreuses. »*

Au-delà du genre dans lequel vous voulez faire rentrer vos écrits, comme il n'y a pas de recette miracle, mais seulement des tuteurs imprécis, je vous conseillerais plutôt de rester ouvert·e à toute dénomination, mais de centrer celles utilisées par **le niveau de langage**.

Le niveau de langage est un précieux indice sur le narrateur ou l'univers dans lequel vous plongez votre histoire. Il peut être pompeux, si vous souhaitez vous immiscer dans du bourgeois *(« ses deux monts dorés s'agitaient à ma vue comme les poids d'une pendule, de façon hypnotique »)*, vulgaire, si vous êtes dans la description des pensées d'un pilier du bar *(« ses nibards se cassaient la gueule en sortant du corsage mal boutonné »)*, relever de l'argot *(« ses roberts s'trimballaient au-dessus de ma pomme, genre queue de Mickey »)*, être espiègle *(« ses tétines appelaient à la gourmandise comme deux gros roudoudous »)*, ou contenir de nombreux anglicismes comme « cumshot », « MILF » ou « teen » qui dévoilent alors une culture du porno bien développée et une écriture très contemporaine.

Anne-Sophie Nanki-Solignac, coauteure du film *À genoux les gars* (film traitant d'un chantage à la sextape autour d'une fellation) d'Antoine Desrosières (2018) m'a expliqué, lors d'un entretien (juillet 2018) : *« Utiliser les mots de l'argot urbain, comme "bite, chatte, pomper", c'est un marqueur de génération. Dans le film* À genoux les gars *c'était essentiel d'avoir cette langue-là et de la laisser vivre. On se rend même compte que cette sémantique sexuelle porte des stéréotypes de genre très ancrés, dans lesquels les femmes peuvent être perçues comme la possession de l'homme. »*

Mais si les mots sont connotés et imbibés par la culture, vous pouvez vous-même aussi les façonner et **leur donner l'éclat qu'il vous plaît**. Pour Adeline Anfray, auteure de *Toutes des salopes* (La Musardine, 2019), essai autour de l'insulte « salope », ce mot-là peut avoir différentes significations, il peut être soumis à un questionnement : *« Une femme, quoi qu'elle fasse c'est une salope. En fait, ça désigne celle qui ne tient pas le rôle traditionnel qu'on lui impose, mais ça nécessite une certaine liberté, un certain courage. Je trouve énormément de tendresse au mot "salope". »* En bref, préférer voir le mot « salope » sous le prisme d'une opprimée téméraire, plutôt que sous le prisme de la ruse, de la manipulation ou encore de la luxure, est un parti pris.

Et on peut se poser tout autant de questions sur des mots plus triviaux. Comme « cul », par exemple.

Alain Paucard, *Éloge du cul (et autres textes)*, 1977 (La Musardine, collection « Lectures amoureuses », 2006)

« J'aime le cul. J'aime sa forme, son utilité, la place qu'occupe le mot cul dans la conversation. On dit un bouquin de cul, un film de cul, une partie de cul. Essayez de dire un bouquin de con, un film de bite, une partie de couilles, ça sonne mal. On dit aussi "je n'ai pas de cul", pour indiquer le manque de

chance, ce qui montre à quel point le cul est une aubaine, ou encore "je suis tombé sur le cul", la pire chose qui puisse arriver à un cul. »

N'oubliez jamais qu'un même mot regorge de tas de facettes, à vous de savoir les sublimer.

Le choix du bon mot peut aussi se faire par **l'oreille** ! Anne Vassivière, auteure de *Parties communes* m'expliquait (entretien août 2018) : « *Je relis beaucoup mes textes à haute voix, pour entendre ce que les personnages disent ou pensent, voir si ça sonne correctement. Et je réécris beaucoup en fonction.* »

Attention aux déformations scolaires !

Bien que vos professeurs les attendaient dans vos commentaires ou dissertations au lycée, on évite de trop marquer les paragraphes, l'enchaînement des idées ou des actions par **des connecteurs logiques** qui arrivent souvent comme un cheveu sur la soupe en début de phrase « tout d'abord », « en effet », « par conséquent », « de plus ». Un texte érotique, c'est comme de la couture, il faut que les fils qui relient les différentes pièces restent discrets.

De la même façon, **on ne tartine pas d'adverbes** un texte érotique à base de « sensuellement », « faiblement », « superbement », « fièrement ». Un adverbe, c'est un peu comme le gras dans la cuisine : une noisette de beurre dans les épinards, oui, la motte entière, non.

N'importe quel « mot » peut-il avoir une connotation érotique ?

Faites l'essai en décrivant ce que vous avez autour de vous. Je me lance. « *Une grosse cheminée blanche me fait face. Son pourtour de marbre immaculé contraste avec son âtre, noir et plein. Cela doit faire des années que quelqu'un a dû boucher son conduit, et qu'elle n'a d'autre dessein que celui d'être contemplée. Elle qui a dû accueillir un feu brûlant maintes fois, quel triste destin...* »

Mais je pense que cela aurait pu marcher aussi avec les draps de la chambre, la savonnette de la salle de bain, le balai à chiottes, en bref, tout ce qui est visqueux, doux, aiguisé, froid, dur, long, creux, mouillé, chaud, vaporeux, blanc, noir, rouge, vivant, juteux, vibrant... peut être prétexte à une double interprétation.

Marie-Anne Paveau parle même de « disponibilité sexuelle du vocabulaire », dans *Le Discours pornographique* (La Musardine, 2014), terme que je trouve assez juste : « *De même, on ne pourrait nier une forme de disponibilité sexuelle du vocabulaire français, toujours ouvert aux sens sexuel, érotique ou pornographique, du seul fait de la polysémie de la plupart des mots (position, pénétrer, rapport, introduction, etc.).* »

EXERCICE D'ENTRAÎNEMENT N° 12

Attention aux répétitions !

Quand il s'agit de parler de lexique autour de la sexualité, une question d'ordre pratique va très vite se faire sentir : **comment éviter les répétitions** (sans pour autant épuiser le dictionnaire des synonymes) ?

« Elle a pris ma bite entre ses mains. Ma queue s'est mise au garde-à-vous fièrement. Elle a alors comprimé le pénis bien dur entre ses doigts. » Vous avez essayé d'éviter de dire trois fois « bite », et ça se voit !

Pour Marion Favry, coach en écriture sur coachmavie.fr, une des solutions pourrait être d'aller dans le détail : *« Si le lexique s'appauvrit trop, cela devient réellement un problème. Une "bite" est composée de plusieurs choses, comme le nœud, la tige ou le gland. Si l'on veut rester dans la description, on peut aussi s'imaginer changer de plan, grossir le trait ou élargir la scène.* ***Aller dans le détail physique comme prendre de la hauteur,*** *ça évite les répétitions. »*

Si nous sommes tenté·e·s de faire une répétition, c'est qu'il est peut-être temps de sortir l'acte sexuel de la description et d'aller dans l'introspection, ou alors avoir recours à des figures de style… comme les métaphores !

À VOUS DE JOUER !

Décrivez un missionnaire à la troisième personne en variant les valeurs de plan. **Il doit y avoir au minimum 10 phrases.**

Soigner son orthographe

Certain·e·s d'entre vous n'osent pas écrire, tout simplement parce qu'ils/elles se considèrent (à tort ou à raison) « **nul·le·s en orthographe** ».

Pour Graph'bonne en orthographe (personnage féminin influent sur les réseaux sociaux et militant pour une meilleure orthographe, entretien de septembre 2018) : *« Il y a une grande partie psychologique, en particulier liée à des traumatismes, dont il faut savoir se détacher si on se sent "nul en orthographe". L'orthographe, c'est trop complexe ou l'orthographe c'est ennuyant. C'est faux ! Et en particulier, il faut bien avoir conscience que* ***l'orthographe est pour beaucoup liée à la mémoire visuelle****. On peut alors être brillant en mathématiques ou en musique, être très sociable – et totalement nul en orthographe. Ça ne veut rien dire ! Il faut arrêter d'associer constamment intelligence et maîtrise de l'orthographe française. »*

Pour Aurore Ponsonnet et Sandrine Campese, les créatrices de l'événement « La Dictée coquine », *« on a* ***une des orthographes les plus difficiles à maîtriser*** *dans le monde, tant il y a d'exceptions ! En plus de cela, c'est une langue où l'on n'entend pas toutes les terminaisons, on a beaucoup de "s", de "e" ou de "t" muets à la fin de nos mots. Le pire ? Quand nous parlons, nous ne détachons pas réellement les mots, tout est accroché, si bien qu'il est parfois difficile pour les étrangers de voir "les groupes". Ça n'aide pas pour ceux qui ont une bonne mémoire auditive. »*

Pour travailler votre orthographe au quotidien, voici trois conseils à appliquer chaque jour :

1. Lisez beaucoup (et de tout !)

Cela peut être n'importe quel livre, du développement personnel au livre érotique en passant par une recette de cuisine. Essayez de diversifier vos intérêts afin d'avoir accès à un champ lexical le plus vaste possible. Dès qu'un mot vous interpelle ou vous étonne, n'hésitez pas à vous poser des questions dessus, à vous intéresser à sa construction et à son histoire. Vous serez parfois étonné·e !

Le mot « vanille », par exemple, d'où vient-il ?

Eh bien, c'est un dérivé du latin « vagina » qui voulait dire « gaine, enveloppe ». La même origine que le mot « vagin » que l'on utilise de nos jours. Et ça vous change le goût des glaces…

2. Écrivez et recopiez (à la main !)

Essayez de fuir autant que possible l'ordinateur pour privilégier l'écriture manuelle. Le correcteur orthographique présent sur de nombreux logiciels de traitement de texte implique de la paresse et empêche une réflexion logique sur les mots que vous posez (il anticipe même parfois la fin !).

De plus, le mouvement de l'écriture s'inscrit dans une autre de vos mémoires, **la mémoire kinesthésique**, qui peut être, chez certaines personnes, plus développée que la mémoire visuelle. C'est le cas, par exemple, chez les sportifs ou les musiciens.

Si vous recopiez un livre ou un écrit, vous passez également par votre mémoire immédiate, voire par votre mémoire auditive si vous lisez à haute voix. N'hésitez pas à vous servir de ces autres mémoires pour imprimer l'orthographe des mots.

3. La mnémotechnie, pour le cas par cas !

Si vous butez toujours sur les mêmes problèmes d'orthographe, n'hésitez pas à utiliser des astuces mnémotechniques, c'est-à-dire associer une pensée, un dessin, une astuce amusante à un mot pour vous en souvenir.

Graph'bonne en orthographe nous livre ses astuces (entretien de septembre 2018) :

« Cunnilingus, par exemple, il prend deux "n", parce qu'il y a deux lèvres, mais un seul "l", parce qu'il y a une langue.

Pour porte-jarretelles, il y a deux "r" pour les deux attaches et les deux "l" pour chaque jambe. »

EXERCICE D'ENTRAÎNEMENT N° 13

Les 10 mots érotiques dont l'orthographe peut vous surprendre par Aurore Ponsonnet et Sandrine Campese de la « Dictée coquine » et auteures de *La Dictée coquine* (Assimil, 2020).

Recopiez 15 fois les mots suivants, à la manière dont vous étiez punis étant petit·e·s :

Callipyge
Qui a de belles fesses.
On peut se demander où mettre le « i » et le « y ». En grec, le beau se dit « calli » comme dans « calligraphie », cela peut vous servir de moyen mnémotechnique. Et « pyge », ça veut dire fesses.

Lascive
Aucun rapport avec « enlacer » ou « lasser ».

Concupiscent
Qui éprouve une forte inclinaison pour les plaisirs sexuels.
Le « sc » peut parfois poser problème, pensez à la « science » ! Et comme l'expliquaient Pierre Dac et Francis Blanche : « Concupiscent, ce n'est pas un mot, c'est un rébus. »

Des va-et-vient
On a tendance à souvent mettre l'expression au pluriel (car un seul, c'est sexuellement un peu décevant), mais « va-et-vient » est totalement invariable !

Ithyphallique
Au sexe dressé.
Où mettre les « i », les « h » et les « y » ? Il vous faut décortiquer le mot. Cela vient du grec « ithuphallos » composé de « ithus » (droit) et « phallos » (phallus).

Turgescent

Qui s'enfle, qui se gonfle.

Vient du latin turgescere (être enflé). Pour ma part, je l'associe souvent à «luminescent», sans que je ne sache pourquoi, et je vois toujours un sabre laser à chaque fois que je lis ce mot. Ça me coupe tout, mais je l'écris correctement.

Cunnilingus/cunnilinctus

Attention à ne pas confondre avec «anulingus». Il y a bien deux «n», car cela vient du latin «connus» (le con). Avec deux «n», donc, comme dans «conne». Puisqu'on vous dit que c'est tout con.

Enivré

On entend en-nivré mais il y n'a qu'un seul «n». Attention aux faux-amis!

Susurrer

C'est un mot qui ne respecte pas la règle classique du doublement de consonne (le «s», en l'occurrence) à l'oral pour éviter le «Z». Un petit trompeur également.

Le vit

Pénis.

On ne l'utilise que très peu, mais on le rencontre dans les anciens textes français. Cela vient du latin «vectis» (la barre, le levier) – et cela prend donc un «t».

Réviser ses figures de styles

Esparbec, celui qui se décrit avant tout comme pornographe, écrivait :

« *Il ne faut pas que l'on s'intéresse au style, sinon on ne s'intéresse plus à l'histoire. Ce que je fais n'est ni de l'érotique ni du pornographique. C'est beaucoup plus du sexuel. Je veux décrire le sexuel et bannir plusieurs choses : l'érotisme, le recours au joli, au "bien écrit" et en gros au métaphorique et à la peur de l'obscène.* »

Si les figures de style ne sont pas le lot quotidien d'Esparbec, elles peuvent cependant sauver la mise d'un texte trop plat.

LA MÉTAPHORE

La métaphore est une des figures de style les plus utilisées dans la littérature érotique ! Pourquoi ? Tout simplement parce qu'elle permet d'éviter de « nommer » l'acte en soi, tout en apportant un angle particulier, monstrueux, délicat, sensuel, etc., à la situation érotique.

Elle permet ainsi de délivrer des informations précieuses sur l'appropriation de la scène par les personnages, et de **se soustraire à une description parfois froide** ou clinique de l'acte en lui-même.

Pour Jacques-Olivier Liby, à l'origine du Prix de la Nouvelle Érotique, elle est un outil important pour l'auteur érotique (entretien août 2018) : «*La métaphore permet au lecteur, par le biais de son propre imaginaire, de rentrer dans le jeu de l'auteur. L'allusion ouvre plus de portes que la description.*»

***L'Amour au pluriel*, Ange Bastiani, 1970 (La Musardine, collection « Lectures amoureuses », 2005)**

« [...] je contemple son anus qu'effleure un des derniers rayons du soleil couchant, s'immisçant entre nous par la baie grande ouverte sur le balcon surplombant le quai. Le dernier rayon... peu importe. Que sombre donc l'astre imbécile et sans vergogne, dans la flaque de sang qui ruisselle sur les lointaines collines, c'est Clio qui détient l'unique, l'authentique soleil au creux du sillon qui divise son incomparable postérieur. »

L'ACCUMULATION

L'accumulation est une figure de style emblématique de l'écriture érotique ! Elle permet d'insister sur la vitesse des ébats, donner de l'abondance aux sensations, conduire la concentration d'un regard sur des milliers d'interactions, dissoudre l'individualité de conquêtes sexuelles... C'est une figure idéale à utiliser pour toute scène passionnée ou orgasmique – pour donner du coffre à un moment que l'on veut voir s'envoler.

L'accumulation consiste à juxtaposer différents termes, ou propositions, parfois avec **un effet de gradation.** Elle est très simple d'accès et souvent assez intuitive.

Claquemur, Maurice Raphaël, 1950 (La Musardine, collection « Lectures amoureuses », 2004)
« Tous les animaux de l'arche ont défilé, tour à tour, dans ma couche. J'ai possédé un veau par la narine, j'ai forcé un cul d'âne, d'innombrables vulves de chiennes qui aboyaient furieusement dans leur extase. [...] J'ai connu le centre de panthères, de cigognes, d'oiseaux-lyres, de murènes, de grenouilles lisses comme des feuilles de noyer, de chats tigres et de rats musqués, un lynx, la ménagerie, le cirque Pinder, la singerie de Vincennes, Hagenbeck, la girafe du jardin des Plantes. »

L'ALLITÉRATION

« Pour qui sont ces serpents qui sifflent sur vos têtes ? » (Racine, *Andromaque*.) Cela vous dit peut-être quelque chose ? L'allitération est la façon de jouer avec les sons dans une phrase, en particulier pour souligner un bruit (dans la phrase de Racine, répétition des sonorités SSS). Et cela s'applique très bien au sexe qui est un sport assez sonore. Ça claque, ça suce, ça se caresse, ça hurle… À vous de trouver les bons mots pour accentuer la brutalité, la sensualité ou l'excitation de vos ébats.

Exemple :
Le fouet cinglant enflammait mes flancs et mes fesses.
Elle jouit dans un rire si aigu qu'il me fit rire aussi.
Ses seins se posèrent sensuellement sur moi comme une caresse de soie.

L'HYPERBOLE

L'hyperbole exagère l'expression d'une réalité, elle est évidemment surreprésentée dans la littérature érotique qui s'emploie souvent à grossir, à exagérer et à marquer les esprits.

Mon conseil serait de **ne pas trop en abuser**, l'hyperbole peut parfois être un marqueur un peu grossier d'un écrivain qui cherche à capter constamment l'attention du lecteur – en oubliant tout autre procédé. Comme une histoire ou des propos intéressants.

Mais portée par petites touches bien disséminées dans le roman, à des moments forts de l'histoire, pour faire rire ou pour marquer les esprits, cela reste délicieux.

> ***Ainsi soit-il*, Maurice Raphaël, 1950 (La Musardine, collection « Lectures amoureuses », 2004)**
> *« Les bas reins de Gilberte, ça reste encore aujourd'hui* ***une des plus frappantes visions*** *de mes pâles souvenirs de gosse. Le jour où je l'ai vue nue, j'en ai eu la gorge serrée, la langue sèche dans la bouche, ça m'a marqué pour la vie. »*

L'ANAPHORE

L'anaphore consiste à commencer des vers ou des phrases par le même mot. Si elle est à manier avec précaution, elle devient, **par son caractère obsessionnel et enivrant**, un outil très chouette lorsqu'il s'agit de parler de sexualité.

Habituellement, elle renforce une idée, un mot, qui imprègne notre mémoire – et vient aussi rythmer un texte. Parfait pour simuler le va-et-vient d'un ébat, la passion absolue d'une rencontre ou encore l'obsession d'une nouvelle rencontre.

« Doux est le front de ma belle maistresse », Théophile de Viau (1553)

« Doux est le front de la belle maîtresse
Doux est le trait que décochent ses yeux,
Doux est son teint, doux est son ris gracieux,
Douce est aussi sa bouche charmeresse
[...]
Mais plus que tout, ami, je trouve doux,
Le mouvement de cette belle Alcine,
Lorsqu'il advient qu'en secret je la fous. »

L'OXYMORE

L'oxymore est une figure de style idéale pour exprimer **l'ambivalence des émotions et des sensations** qui se prêtent au jeu de l'amour et du désir.

Elle consiste en l'association de deux termes, un nom et un adjectif, au sens contraire.

À manier avec précaution en fonction du niveau de langage choisi dès le début de votre texte ! Elle sort du cadre habituel de notre expression courante et fait apparaître drastiquement « le filtre » de l'écrivain-poète. Si elle surprend le lecteur par cette association bizarroïde, elle est à éviter si vous écrivez un texte très « brut ».

Exemple :

« Un sujet à traiter est pour moi comme une femme dont on est amoureux, quand elle va vous céder, on tremble et on a peur ; c'est un ***effroi voluptueux****, on n'ose pas toucher son*

désir», écrivait Gustave Flaubert dans une correspondance à Louise Colet (1846).

L'ELLIPSE GRAMMATICALE

Elle fait l'omission d'un mot ou d'un verbe, par économie de répétition souvent, ou pour donner du rythme. En littérature érotique, elle permet au lecteur·rice d'imaginer le mot manquant et d'instaurer une complicité, une connivence, avec celui/celle-ci :

« Je baisais Marie tous les lundis, ainsi que sa mère, les dimanches. »

L'ellipse grammaticale est, par exemple, le ressort comique de la chanson de Fernandel, *Félicie aussi* (1939).

« Et des draps de toiles molles
Me chatouillaient les guiboles
Félicie aussi. »

EXERCICE D'ENTRAÎNEMENT N° 14

(15 minutes)

Ayez du style !

Décrivez une **scène de fellation** avec les figures de style de :

- **la métaphore filée**

- **l'accumulation**

- **l'allitération**

Jouer de la ponctuation

S'il y a bien un genre littéraire qui apporte de **la créativité à la ponctuation**, c'est la littérature érotique !

> ***L'anti-Justine ou les Délices de l'Amour,* Restif de la Bretonne, 1798 (La Musardine, collection « Lectures amoureuses », 2008)**
> *« Je lui prends les tétons… Ha ! qu'ils étaient jolis !… petits, mais fermes et d'une blancheur !… Elle ne put se dérober. »*

Les points de suspension indiquent le silence éloquent des personnages, les points d'exclamation trahissent l'empressement, les points d'interrogation renseignent sur l'hébétement, les propositions sans verbe sur l'urgence du désir et les onomatopées révèlent les gémissements plaintifs…

Et cela fait sens ! Dans *Le Dire et le Jouir* de François Perea (La Musardine, 2017), il y a une distinction claire entre trois groupes de productions bien différentes : **les silences, les formes vocales (les cris, les souffles et les gémissements, qui sont majoritaires) et les formes verbales (les mots)** qui forment à eux trois l'ensemble de l'expression humaine au lit. Il faut donc que l'auteur puisse, à travers une même « prise de parole », exprimer une symbiose de ces trois formes. Pas si facile, n'est-ce pas, sans la ponctuation française… ?

Évidemment, si la richesse de la ponctuation est d'une grande utilité pour renseigner sur la bande-son de la scène coquine, il ne faut pas en abuser.

Stéphane Rose, dans « Écrire un bon texte érotique : les 10 commandements de l'auteur débutant » sur Brain, en février 2017

« Ponctuez sobrement.
Signalons aussi l'interdiction des points de suspension, qui sous leurs airs de mystère ne révèlent rien d'autre que les lacunes de l'auteur. Elle avait envie de lui… Il était si sexy… Elle sentit une chaleur l'envahir… Si vous n'êtes pas foutu de construire une phrase de plus de cinq mots, vous serez plus efficace en chattant sur Adopte un mec *qu'en écrivant un roman érotique. Notez que la même loi s'applique pour les points d'exclamation : Elle avait envie de lui !!! Il était si sexy !!! Elle sentit une chaleur l'envahir !!! Ça vous excite ? Non. Et ce n'est pas en écrivant en majuscules que vous vous en sortirez mieux : ELLE AVAIT ENVIE DE LUI !!! IL ÉTAIT SI SEXY !!! ELLE SENTIT UNE CHALEUR L'ENVAHIR !!! ELLE AVAIT ENVIE QU'IL GLISSE SON MEMBRE TURGESCENT DANS SA CRAMOUILLE HMMMMMMM !!! Soyez de bonne foi : ça ne marche pas, et à l'exception d'une poignée de psychopathes, personne n'a jamais été pris de désir en écoutant une chanson de Patrick Sébastien. »*

Écrire à un·e destinataire (lettre ou texto)

Voilà, c'en est fini du « tronc » commun pour écrire un texte érotique, quel qu'il soit et quelle que soit sa fonction. Vous savez tout (ou presque) à ce sujet.

Il devient maintenant nécessaire de cibler mes conseils selon les médias, et en particulier, que vous écriviez pour un ou une destinataire précis·e, ou pour un public plus large. Vous pouvez donc vous concentrer uniquement sur la partie qui vous intéresse (ou tout lire, si la gourmandise est votre vilain défaut...).

Écrire
pour son amant·e

LE CAS DU TEXTO

L'envoi de textos coquins concernerait près d'un Français sur deux[1] ! « Tu me manques », « J'ai envie de toi », « Je n'ai pas mis de culotte ce matin », « Je vais baiser ton sexe en rentrant », le SMS se conçoit court, spontané, percutant. Il ne s'embarrasse pas de formules de politesse et se voit passer par un des biais les plus intimes pour toucher une personne : son smartphone.

Comment réussir à faire monter la tension en évitant les impairs ? On vous donne quelques trucs pour écrire plus vite que votre ombre !

QU'EST-CE QU'ON ÉCRIT ?

On reste clair et concis ! Le format se veut par habitude de lecture plus direct qu'un mail ou qu'une lettre, avec une structure de phrase assez simple (sujet + verbe + complément). Plus vous souhaitez complexifier votre texto avec des effets de style, plus vous risquez d'être incompréhensible (ou de fatiguer votre lecteur).

N'oubliez pas de vous **adapter au niveau de langage de votre partenaire**, au vu de vos précédents échanges. Ses phrases sont élaborées ? Complexifiez les vôtres ! Ses messages sont courts et expéditifs ? Soyez-le également !

---

1. *Étude McAfee-MIS Research réalisée en janvier 2014 auprès de 502 Français.*

Le plus souvent, les textos coquins servent à :

• **donner des ordres** : masturbe-toi aux toilettes ! / envoie-moi une photo de ta queue en gros plan...

• **décrire ses pensées ou ses actions** : je suis très excité·e/je me branle en pensant à toi.

• **anticiper un acte sexuel** : ce soir, je ramène trois grands Blacks pour une nuit sans sommeil !

Mais on peut aussi imaginer quelques paroles de chanson ou une citation, des formats moins personnels et donc moins impliquants, mais idéaux quand on rencontre une nouvelle personne.

EXERCICE D'ENTRAÎNEMENT N° 15

(15 minutes)

No zob in job ?

Imaginez-vous en plein flirt érotique avec votre supérieur·e hiérarchique. Écrivez trois textos que vous puissiez lui envoyer et qui restent à double sens si vos collègues tombent dessus !

QUAND ENVOYER SON TEXTO ?

Lady Shagass, auteure du blog sexo lesdesculottees.com, m'a confié : « *Je suis une grande adepte du sexto ! Évidemment, comme j'adore me servir de mon imagination pour m'exciter, ce type de message marche à chaque fois. Mais c'est amplifié quand c'est dans le cadre du travail. J'aime bien être devant mon ordi, entourée de mes collègues et recevoir quelque chose qui veut dire en substance "j'ai envie de toi!" voire même plus trash. Comme personne n'est au courant et ne se rend compte de rien,* ***ça crée un décalage énorme entre l'obscénité du propos et l'ambiance studieuse de mon open space...*** *et ça m'excite à mort.* »

Vous l'aurez compris, pour envoyer un bon texto de cul, **le contexte dans lequel se trouve votre destinataire** est primordial. Le bon moment? Au travail, bien sûr, mais on peut également penser aux réunions en famille, aux transports en commun dès qu'il ou elle quitte la maison, ou même, quand il ou elle est dans la pièce d'à côté, occupé·e à faire autre chose.

Le mauvais moment ? À un enterrement.
Quoique...

À QUELLE FRÉQUENCE ?

Pour la fréquence, il existe deux écoles :

- la régularité des échanges et sa ritualisation (un message cochon le lundi en fin de journée, par exemple) : cela instaure un rendez-vous, une attente délicieuse. On sait que l'on va recevoir le message et l'on s'y prépare.

- l'effet de surprise. C'est par exemple ce que préconise Servane Vergy dans *Osez... rendre un homme fou de plaisir* (La Musardine, 2012) : « *En cas d'échanges de textos qui se prolongent,* ***alternez réponse du tac au tac et messages tardifs****, faites-le mariner un peu : il sera suspendu à son portable en attendant votre réponse.* »

Gardez également à l'esprit le rapport qu'entretient votre partenaire à son téléphone. Est-il/elle toujours dessus ? Répond-il/elle rapidement ? Le regarde-t-il/elle en réunion de famille ?

LES ÉMOTICÔNES

Très prisés par la jeune génération et popularisés en grande partie au Japon, les émoticônes permettent d'ajouter une information sur l'émotion et l'intention de votre message. Dans le texto érotique, ils sont très utiles pour, par exemple :

• **ajouter des sous-entendus**. Un smiley « clin d'œil » après une phrase du type « le boss est très sévère ce matin », ça change tout.

• **adoucir une phrase très crue.** Un smiley cœur après « Je vais baiser ton cul », ça sert vraiment de lubrifiant (dans les échanges, je veux dire).

• **pallier les mots trop crus**. Parfois, une aubergine suffit pour comprendre l'intention de l'autre.

L'aubergine ? Sachez que si on vous envoie une aubergine (= pénis), une pêche (= fesses) ou trois petites gouttes d'eau (= fluides), il y a fort à parier que votre interlocuteur·trice parle de sexe.

La pêche, en particulier, a été au centre de toutes les attentions en 2016. Alors qu'Apple voulait changer pour un motif plus sage, avec un sillon moins prononcé, les internautes se sont vivement indignés de cette censure qui leur permettait de communiquer autour du cul d'un seul clic.

Au-delà de l'émoticône, on peut aussi imaginer un « hashtag » amusant à la fin d'un mot coquin :

« Ma bite s'impatiente de toi #jebande »

« Je t'attends nue, sur le lit, avec un fruit coincé quelque part #teasing », etc.

Très utilisé sur les réseaux sociaux pour permettre une recherche par mot-clé, il est de plus en plus utilisé dans le langage courant pour appuyer un mot ou un état d'esprit, au sein même de nos messages électroniques. Si vous souhaitez l'utiliser dans vos SMS, le hashtag se doit d'**être court** (un mot, maximum deux) et **il ne faut pas en abuser** (deux ou trois maximum par SMS).

Comme les émoticônes, les hashtags sont soumis aux effets de mode et sont donc peut-être amenés à disparaître un jour.

Si vous lisez ce livre après 2058, prudence !

ATTENTION AUX AVENTURES ADULTÈRES !

Dans 87 % des cas, en Italie, un adultère est démasqué par le téléphone portable[1]. Si vous avez un ou une amant·e, et que vous souhaitez éviter que votre correspondance érotique ne soit vue par votre « officiel·le », pensez à systématiquement la supprimer, comme le recommande Servane Vergy dans *Osez... rendre un homme fou de plaisir* (2012) avec la conscience de détruire, pour les plus doué·e·s d'entre vous, des échanges d'une qualité érotique rare : « *Enfin, si vous êtes en couple et que vous bavardez par SMS avec votre amant, effacez aussitôt de manière systématique vos textos, même s'ils sont trop mignons.* »

1. Un sondage conduit par la société italienne de détectives Miriam Tomponzi.

Sinon, vous pouvez aussi investir dans un autre téléphone portable. Jusqu'à ce que vous entendiez :

« Chéri, pourquoi le vieux Nokia 3310 est en charge ? »

Ne soyez pas trop envahissant·e ! La fréquence des SMS érotiques joue un rôle prépondérant. Si envoyer un message érotique sans avoir eu de contact avec la personne depuis plusieurs mois peut sembler bien étrange, écrire sans arrêt peut être perçu comme une intrusion intempestive dans sa vie.

LE CAS DU MAIL

Le mail se veut dans l'usage plus long que le SMS, plus écrit, plus stylisé, et surtout, il permet d'enrichir son contenu par des médias et des hyperliens. Il est à privilégier pour toute correspondance qui sort de l'instantanéité et qui nécessite une réflexion de l'écriture. Cela peut être le compte rendu d'une séance entre une maîtresse et son soumis, un message qui témoigne du manque de l'autre, la découverte d'un poème érotique sur le web qui nous fait penser à l'autre, etc.

LE SURNOM ET LA FORMULE DE POLITESSE

Contrairement au SMS qui ne s'embarrasse pas de lubrifiant à base de petits surnoms et de formules de politesse, le mail se doit souvent d'incorporer un **terme d'adresse (Cher Monsieur), une formule de politesse de départ (Bien cordialement) et une signature.**

Dans la correspondance érotique par mail, s'attacher à soigner son entrée et sa sortie ajoute une réelle élégance à l'intention.

Comment appeler votre destinataire dans un message érotique ?

> Vous pouvez osciller entre :

• le « **cher/e** » et le possessif « **mon/ma** »
• l'insulte plaisante « **ma petite pute** »/« **chère garce d'amour** »
• l'adjectif rattaché au prénom « **Incroyable Fernand** » / « **Sulfureuse Béatrice** »

> Pour la sortie, on peut opter pour :

• un baiser qui s'égare : « **En embrassant votre cul** », « **En vous léchant les lèvres (du bas)** »
• un « bien cordialement » remasterisé : « **Cunnilingusement vôtre** »
• un message de servitude : « **Je reste à votre entière disposition licencieuse** »
• un message qui témoigne de l'impatience d'un retour : « **En attendant impatiemment de lire vos sales écrits** »

> Et surtout (surtout !) une signature personnalisée : « **Ton dévoué Félix** » « **L'amant de tes fantasmes** » Etc.

LA PIÈCE JOINTE ET LES HYPERLIENS

Qu'ils s'agisse d'une photo cochonne, d'un poème érotique ou d'une vidéo, le mail permet cette option formidable d'enrichir votre contenu. Ne vous en privez pas !

(Mais vérifiez toujours deux fois que vous avez inséré la bonne pièce jointe.)

SE CRÉER UNE ADRESSE SPÉCIALE ?

Cela va certainement sans dire, mais évitez dans la mesure du possible d'envoyer vos mails coquins depuis votre adresse professionnelle. D'une part, personne n'a envie de recevoir une déclaration enflammée de @pompes-funebres72.com, d'autre part vous ne savez jamais pour quel motif vos collègues pourraient y avoir accès.

Pour le mail perso, faites tout de même attention à ne pas vous tromper dans l'adressage et les transferts (un mail à martine.durant@gmail.com, votre maman, au lieu de martinet69@gmail.com, votre plan love, est si vite arrivé). Si vous avez une activité épistolaire et érotique riche, je vous conseille réellement la **création d'une nouvelle adresse mail** (en plus, c'est gratuit).

Et cela peut même servir de super jeu érotique pour un couple ! Pour Laura Cherfi, love coach sur lauracherfi.com, *« Créez-vous un espace de communication où il est interdit de parler du quotidien ! Vous pouvez par exemple vous créer une adresse mail spéciale, ou n'importe quel autre média spécial, où il ne s'agira de parler que d'érotisme et de sexualité. »*

Et conserver cette correspondance digitale peut vous faire un beau souvenir ! Pour Ève de Candaulie, auteure et blogueuse libertine : *« Quand j'étais jeune, avec mon mari, on s'envoyait tous les jours des mails, pour pallier la distance. On avait une centaine de pages de mails sexy que l'on s'était échangés dans les premiers mois de notre relation, ça fait de beaux souvenirs. On en a fait un petit livre ! »*

LE STYLO ET LE PAPIER, ÇA COMPTE !

La lettre érotique est un des rares exercices qui reste encore ancré dans le réel, le matériel et la sensualité. Une des premières étapes, avant même de savoir « quoi » écrire, est de savoir « avec quoi » écrire. Ce que va toucher l'autre de ses doigts.

Nous avons demandé à Léa Feutre, à l'origine du site parlerdamour.fr (écriture de lettres d'amour et érotiques pour un·e commanditaire), des conseils sur cet exercice ancien que le numérique a salement phagocyté de nos habitudes (entretien de décembre 2018).

Tout d'abord, on commence par un choix d'outils très précis : « *Mon papier à lettres favori pour une lettre érotique, c'est clairement* ***le papier blanc nacré et vergé****. Il est très élégant et écrire sur un "blanc", c'est la base, et c'est ce qui permet le plus de liberté par la suite (comme de poser un baiser au rouge à lèvres à la fin). Il ne faut pas le prendre en dessous de 70 à 100 grammes.* »

Le vergé ? C'est un papier de qualité qui laisse apercevoir par transparence des fines lignes horizontales.

Pour l'écriture, si vous n'avez pas d'idée précise, privilégiez le noir. Léa Feutre insiste : « *Le noir c'est élégant et c'est ce qui va créer un contraste complètement dingue. N'écrivez pas en "bleu", c'est beaucoup trop scolaire. Et munissez-vous soit d'une plume (l'idéal), soit d'un feutre, mais bannissez vraiment le* ***stylo bille.*** *Il n'y a rien de plus tue-l'amour.* »

Pour un effet encore plus coquin : pensez à vous munir d'un petit kit avec **un sceau et de la cire** pour fermer l'enveloppe, l'effet « libertin » sera d'autant plus flagrant. Et le symbole « d'une lettre qui peut se laisser dépuceler » est lourd de sens.

UN PEU DE PARFUM ?

La mémoire olfactive est une de nos plus anciennes mémoires, n'hésitez pas à imbiber votre papier d'un parfum qui vous est propre pour replonger votre lecteur (ou lectrice) dans un souvenir joyeux.

Et vous pouvez aussi y glisser quelques pétales de rose, un bout de sous-vêtement ou une capote (pour les moins romantiques).

ON OSE LA CALLIGRAPHIE

Si vous êtes à l'aise pour du dessin, ou si vous avez une écriture soignée, ça peut être l'occasion idéale pour vous plier à l'exercice !

Pour les débutants, pensez à :

- scotcher votre feuille sur la table pour éviter qu'elle ne bouge
- avoir tous vos ustensiles (plume, encre, scotch...) à portée de main
- libérer impérativement votre plan de travail
- remplir la plume avec un pinceau, et ne jamais la tremper directement dans l'encrier

Pour apprendre à bien manier votre plume et à éviter les pâtés, rien ne vaut la pratique à l'aide de **cahiers de**

calligraphie. Sachez que cela demande tout de même beaucoup de patience et un entraînement quotidien. Si vous n'avez pas le temps de progresser dans le domaine, mais que la belle écriture vous intéresse, vous pouvez faire appel à un calligraphe professionnel.

Pour une lettre torride, ça peut valoir le coût !

ET SI ON ESSAYAIT LE CALLIGRAMME ?

Cette façon d'écrire en représentant un objet ou un symbole, rendue célèbre par Guillaume Apollinaire, peut accentuer le propos de votre message, ou au contraire, lui donner une autre couleur.

On peut imaginer une très belle lettre d'amour dessinée en forme de vulve ou au contraire un texte très « hard » écrit en forme de cœur.

Léa Feutre, notre experte des lettres d'amour et érotiques, a déjà fait son choix : *« La forme idéale du calligramme pour une lettre érotique ?* ***En forme de plume !*** *Je trouve ça génial et très sexuel. On y trouve à la fois la forme phallique du sexe, la sensualité de la plume et ça rappelle l'art de l'écriture, c'est parfait. »*

PENSEZ AU BROUILLON !

Si vous écrivez une lettre, pour éviter de vous poser la question de l'orthographe ou de la conjugaison au moment de la rédaction (et de risquer une mauvaise rature), rédigez-la **en entier** !

Les idées ne viennent pas ? N'hésitez pas à écrire sur une feuille tout ce que vous voulez dire à votre destinataire, pêle-mêle.

Écrivez ensuite la forme que vous voulez pour votre lettre : part-on sur une forme classique avec une amorce, un corps de texte, une formule à la fin ? Souhaite-t-on autre chose ? (En vrai, tout est possible, n'hésitez pas à être un peu foufou/fofolle).

Pour la relecture du brouillon : faites-la en deux temps !

1. Le premier temps est dédié au sens général de votre lettre, le fond. Est-ce que vos idées sont clairement compréhensibles ? Est-ce que l'enchaînement vous semble pertinent ? Est-ce que la longueur correspond à l'intensité du message que vous voulez adresser ? Est-ce que chaque mot correspond à ce que vous vouliez dire ?

2. On s'occupe de la forme. On traque toutes les fautes d'orthographe, on s'inquiète des accords et de la conjugaison. On peut aussi réorganiser les retours à la ligne, si nécessaire.

Un relecteur ? Et pourquoi pas, si c'est quelqu'un de confiance.

Idée de lettre un peu folle : la très célèbre lettre de George Sand à Alfred de Musset.
À lire une ligne sur deux.

« Je suis très émue de vous dire que j'ai
bien compris l'autre soir que vous aviez
toujours une envie folle de me faire
danser. Je garde le souvenir de votre
baiser et je voudrais bien que ce soit
là une preuve que je puisse être aimée
par vous. Je suis prête à vous montrer mon

affection toute désintéressée et sans cal-
cul, et si vous voulez me voir aussi
vous dévoiler sans artifice mon âme
toute nue, venez me faire une visite.
Nous causerons en amis, franchement.
Je vous prouverai que je suis la femme
sincère, capable de vous offrir l'affection
la plus profonde comme la plus étroite
en amitié, en un mot la meilleure preuve
dont vous puissiez rêver, puisque votre
âme est libre. Pensez que la solitude où j'ha-
bite est bien longue, bien dure et souvent
difficile. Ainsi en y songeant j'ai l'âme
grosse. Accourez donc vite et venez me la
faire oublier par l'amour où je veux me
mettre. »

EXERCICE D'ENTRAÎNEMENT N° 16

(15 minutes)

Alfred de Musset des temps modernes !

Essayez d'écrire une lettre qui peut également prendre un autre sens en étant lue une ligne sur deux !

Ne perdez pas de vue que la façon dont vous écrivez peut aussi avoir sa place dans votre message érotique !

Êtes-vous en nuisette ? Ou totalement nu·e ? Excité·e ?

N'hésitez pas à renseigner votre destinataire sur l'émotion et l'état d'esprit dans lequel vous êtes en écrivant.

***Les Liaisons dangereuses*, Pierre Choderlos de Laclos, 1782**
Extrait de la Lettre XLVIII, *Du Vicomte de Valmont à la Présidente Tourvel*

« Jamais je n'eus tant de plaisir en vous écrivant ; jamais je ne ressentis, dans cette occupation, une émotion si douce, et cependant si vive.
Tout semble augmenter mes transports : l'air que je respire est brûlant de volupté ; la table même sur laquelle je vous écris, consacrée pour la première fois à cet usage, devient pour moi l'autel sacré de l'amour. »

Ah ! si seulement la Présidente Tourvel avait compris qu'il s'agissait d'une lettre écrite sur le cul d'une prostituée…

Écrire pour soi (le journal intime)

ON CHOISIT MINUTIEUSEMENT SON ÉQUIPEMENT

Contrairement à mon métier de journaliste, il n'y aura pas de boss tyrannique pour vous obliger à écrire votre journal intime (ne vous inquiétez pas, je rigole). Faites donc en sorte que cet acte soit avant tout placé **sous le signe du plaisir**, vous serez plus motivé·e pour le tenir à jour.

Choisissez un carnet qui vous fait envie ! Vous pouvez le prendre avec **une couverture rigide**, ce sera plus pratique pour écrire dans votre grotte secrète (sous la couette, par exemple). Contrairement à la lettre, privilégiez le stylo bille qui est plus pratique et qui peut s'utiliser n'importe où. Sauf si vous avez décidé d'en faire une œuvre d'art.

À ce propos, vous pouvez également coller des tickets de métro ou de spectacle, des emballages de capote, des photos, (des poils ?)... Plus vous l'embellirez de vos trouvailles, plus il prendra une dimension sentimentale forte. N'oubliez pas que la régularité de vos écrits, de pair avec la sincérité du contenu et le temps que vous allez lui accorder, feront toute la valeur du journal intime.

Pour se la jouer agent secret: vous pouvez aussi acheter un kit encre invisible + de la lumière ultra-violet. Si cela rend l'écriture plus périlleuse, ça la rend également plus ludique.

ON SE POSE LA QUESTION DE L'INTENTION

À quoi va servir ce carnet intime? Pourquoi en ressentez-vous l'utilité?

Allez-vous écrire les mots passionnés et enflammés que vous n'osez pas prononcer à vos partenaires? Allez-vous retranscrire vos folles nuits d'ivresse?

Il y a plusieurs façons d'écrire son journal intime, parmi elles:

- **la plus simple reste évidemment de le tenir au jour le jour,** en écrivant la date au début et un résumé des émotions qui ont traversé votre journée. Ou de l'histoire qui vous a marqué·e, des pensées qui vous ont accaparé·e. Vous pouvez osciller entre la description d'un événement et votre introspection.
- **des lettres destinées** à vos partenaires ou fantasmes qu'ils/elles ne liront jamais (à votre maîtresse, à la femme ou l'homme que vous aimez secrètement, à votre conjoint, etc.).
- **une liste des fantasmes inavoués** avec, page après page, différentes mises en pratique.
- **une liste en fonction de vos partenaires** (Comment baisaient-ils ou elles? Quelles pratiques avez-vous réalisées? Quelles nouvelles expériences avez-vous osées? etc.).

• **une autofiction** (pour être le héros/l'héroïne d'aventures incroyables).

ON SE MET « DANS LE MOOD »

Pour écrire avec sincérité et aller puiser dans votre inconscient, il vous faut vous sentir détendu·e et en confiance : à vous d'être dans **les conditions idéales pour favoriser le lâcher-prise** !

1. On s'assure d'être seul·e au moment de l'écriture. Si on peut être dérangé·e à tout moment par ses enfants ou par son/sa conjoint·e, difficile de se concentrer réellement sur ses émotions et ses sentiments les plus inavouables. Certain·e·s poussent même le vice à se faire une loi de quitter leur domicile.

> **L'express.fr, « Les tics et les tocs des écrivains », février 2004, Marie Gobin**
> *« Dominique Fabre, auteur de* Pour une femme de son âge *(Fayard), confie ne pouvoir écrire chez lui. Sa famille n'y est pour rien, mais il lui faut un lieu anonyme, "un atelier, une chambre de bonne, la maison d'une collègue partie en vacances". Tout sauf son domicile. »*

2. Rangez votre espace. Sinon les chaussettes sales qui traînent dans la chambre vont vous obséder durant l'écriture.

Au-delà des petits parasites, être dans une pièce rangée et propre vous permettra de mettre plus facilement de l'ordre dans vos idées.

3. On se met en condition. Bougies parfumées, encens, musique, verre de whisky… faites en sorte de vous donner un rendez-vous « bien-être », comme pour de la méditation. Quelque part, cela n'en est pas très éloigné.

N'ÉCRIVEZ PAS POUR LES AUTRES

Vous jugez souvent votre écriture au prisme de son utilité première : celle de communiquer avec les autres. Or là, c'est avec vous-même qu'il vous faut dialoguer (monologuer, donc ?), décrire vos pensées et vos émotions. L'orthographe, les figures de style littéraires, la ponctuation ne doivent absolument pas venir parasiter, et surtout, inhiber votre acte d'écriture. Vous pouvez d'ailleurs écrire en liste si vous le souhaitez. En questions. En réponses.

Vous n'êtes même pas obligé·e·s de faire des phrases. Et tant pis (enfin, tant mieux) si personne à part vous ne vous comprend.

> **Psychologies.com « Écrire son journal intime pour aller mieux », mars 2018 par Aurore Aimelet**
> *« L'idée est d'écrire de façon un peu automatique, sans chercher quoi que ce soit, sans travailler la structure, soigner son style ni faire de mots d'esprit. Inutile aussi de retracer la chronologie des événements de la journée. Il s'agit d'exprimer ce qui* ***a été vécu en termes d'émotions, de sensations, de pensées****: vos frustrations, vos déceptions, mais aussi vos joies, vos petits moments de bonheur ou encore vos réflexions, vos goûts. L'objectif n'est pas le prix Goncourt, seul le processus compte. »*

Le saviez-vous ?

Un des plus célèbres journaux intimes, le *Journal d'Anne Frank* (1947), contenait des pages sur la sexualité et l'érotisme !

Recouvertes par du papier kraft, mais révélées par les miracles de la technologie en 2018, on y découvrait que l'adolescente juive, âgée de 13 ans, avait rédigé quatre blagues licencieuses et ajouté 33 lignes évoquant l'éducation sexuelle et les prostituées.

Écrire pour le public (roman, nouvelle, musique, pièce de théâtre…)

Le roman ou la nouvelle

Personnage, univers, histoire... votre esprit pervers est maintenant au service de votre lectorat. Entre vos envies d'écriture et les attentes du public (et des maisons d'édition, filtre indispensable à une promotion certaine), le curseur est parfois difficile à trouver. À quel moment je perds mon identité d'auteur·e quand j'écris tout sous commande ?

Lettre à celle qui lit mes romances érotiques et qui devrait arrêter tout de suite... de Camille Emmanuelle (éditions Les Échappés, 2017) illustre bien la noyade totale de la créativité individuelle dans un marketing formaté. Mais heureusement, le secteur de la littérature érotique jouit encore d'une volonté d'audace et de liberté certaine !

Et la meilleure façon de surfer sur cet équilibre, c'est d'en connaître tous les tenants et aboutissants.

CONNAÎTRE LES BASES DE LA NARRATOLOGIE

L'étude de la sémiologie et de la narratologie est un art long et fastidieux, qui peut parfois inhiber par une complexité (et un jargon technique) que l'on pense devoir maîtriser. Évidemment, vous pouvez écrire sans avoir tout intellectualisé et avoir en tête simplement les bases qui permettent d'avancer plus sereinement, comme un tuteur.

Ne le transformez pas en carcan !

PENSEZ AU NARRATEUR, À LA NARRATRICE

Avant de vous lancer tête baissée dans l'écriture de l'histoire érotique, il convient de vous poser une question essentielle, sur laquelle il sera difficile de revenir une fois votre histoire commencée, que j'appellerai le dilemme du ressort érotique : **liberté de description (l'emploi du « il/elle ») versus introspection du personnage (l'emploi du « je »).**

Si vous écrivez votre roman à la première personne du singulier, vous avez opté pour le deuxième choix, vous entrez alors davantage dans la profondeur réaliste des émotions et des sentiments – et des moments d'introspection précieux –, ressort érotique ô combien important.

> **Récit à la première personne – Wikipédia**
> « *Un avantage de l'usage de la première personne est qu'en permettant au personnage d'exprimer ses sentiments, ses pensées et ses expériences, le lecteur est également mis à même de s'introduire dans la vie du narrateur qui se dévoile à lui.* »

En revanche, vous vous coupez nécessairement d'une partie de la description, qui ne peut alors se faire qu'à travers les yeux du narrateur (de la narratrice). Comment parler des perles de sueur qui coulent le long du cul de l'homme, si votre narratrice est en levrette, face au mur ? Comment parler de la grimace atroce de la femme, si votre narrateur est cette fois-ci collé au cul de sa partenaire ? À moins d'avoir recours à un jeu de miroir, tout ceci devient très périlleux.

Si vous entretenez un vrai amour de la description, que vous prenez un malin plaisir à tartiner sur des pages tel un Zola qui s'attache réellement au bonheur des dames, optez alors pour la troisième personne et un regard omniscient. Vous serez alors totalement libre de votre description, y compris de celle de la pensée de vos personnages, mais vous instaurez une barrière, au moins celle du réalisme, avec votre lectorat.

Si vous êtes débutant·e? Je vous conseillerais réellement l'utilisation du «je». Le «il/elle» peut s'avérer délicat à manipuler, en particulier si vous suivez les pensées d'un personnage depuis le début et que, comme un cheveu sur la soupe, vous venez sur une ou deux phrases à entrer dans les pensées d'un·e autre, ça fait bizarre pour le lecteur. Et c'est maladroit.

Le «je» vous protège de ce genre de bêtise.

(Il s'agit, en réalité, de maîtriser la différence entre *la focalisation zéro, la focalisation externe et la focalisation interne* du narrateur/de la narratrice, si cela vous amuse de vous pencher sur la question.)

Et le « tu » ? À moins qu'il ne soit réellement nécessaire à votre histoire, il n'en demeure pas moins très excluant.

> **« Les dix commandements de l'auteur de nouvelles érotiques » sur le blog Osez 20 histoires de sexe (https ://osez-vos-histoires-de-sexe.com)**
> **Commandement numéro 8 :**
> *« Vous êtes nombreux(ses) à écrire vos nouvelles à la deuxième personne ("Tu me regardes, tu t'empares de mon sexe et le suces puis me tends ta chatte humide pour que je la lèche"...). Là encore, ce n'est pas un jugement dans l'absolu et il n'engage donc que la collection Osez 20 histoires, mais chez nous, ce procédé est éliminatoire. Le "tu" exclue le lecteur. De fait, ce n'est pas le lecteur que vous tutoyez, c'est quelqu'un d'autre, auquel le lecteur ne peut donc pas s'identifier comme*

il le fait avec le "je" ou le "il/elle". Et l'identification est indispensable pour conduire au fantasme, ce qui est la vocation première de la littérature érotique. Tu piges ?»

LE RYTHME NARRATIF

Lorsque l'on écrit une histoire érotique, **la maîtrise de la vitesse du récit est une des clés essentielles**. Il faut, en règle générale, savoir varier entre quatre «modes» pour inscrire et sublimer une scène de sexe, élément phare de votre histoire érotique.

1. L'ellipse : les histoires érotiques jouent beaucoup sur les rencontres, la prise de rendez-vous, l'attente douloureuse, le manque, etc. Mettez des ellipses au bon moment pour maintenir le lecteur concentré sur la tension (a priori la sexualité des personnages) : «Deux jours plus tard (...)» «Le jour J (...)» «Quelques minutes après (...)» – mais évitez d'en abuser à tout-va !

Considérez l'ellipse comme un «fondu au noir» au cinéma : vous pouvez en mettre quelques-unes pour laisser respirer l'histoire, mais elles doivent être espacées par des scènes passionnantes et suffisamment longues.

2. Le sommaire : le sommaire consiste en un résumé du récit qui lui donne un effet d'accélération. Il est très utile pour résumer une succession d'actions qui prennent du temps : une relation d'amour où tout se passe bien ou à l'inverse accentuer un flot de disputes qui rythment une vie de couple, faire état d'un quotidien ennuyeux ou, encore, raconter une filature voyeuriste. De la même façon que l'ellipse, c'est une respiration dans l'histoire, à placer donc ponctuellement.

***La Vie d'une sainte*, J.H., 1960 (La Musardine, collection « Lectures amoureuses », 2003)**

« Dès lors, je la guettai. Je l'attendais à l'issue du métro, à la sortie de chez elle. Prenant un soin extrême à dissimuler mon manège, je la suivais lorsqu'elle faisait son marché, quand elle allait aux bains-douches ou chez le coiffeur. »

3. La scène : c'est l'élément clé de votre récit ! On s'attend ici à des dialogues et à un enchaînement d'actions qui suivent le temps de l'histoire. N'hésitez pas à varier les points de vue de votre « caméra », à jouer avec la description macroscopique et microscopique, à ajouter de l'introspection, pour que la scène ne manque pas de rythme.

***Teleny*, Oscar Wilde, 1893 (La Musardine, collection « Lectures amoureuses », 2017)**

« Il essaya encore, poussa doucement, mais fermement ; les muscles de l'anus se relâchèrent : le gland fut enfin logé ; la peau se tendit tellement que quelques gouttes de sang tachèrent les bords ; mais le passage était forcé et le plaisir surpassa la douleur. »

4. La pause : la pause peut vous servir à marquer l'attention sur un détail particulier, où à laisser le temps au narrateur/à la narratrice d'avoir un moment d'introspection assez long. N'hésitez pas à en glisser ponctuellement dans vos scènes de sexe pour faire durer le plaisir plus longtemps !

***Alice et autres nouvelles*, Anaïs Nin, 1940 (La Musardine, collection « Lectures amoureuses », 2010)**

« [...] et l'enlaça de toute la force de ses jolis bras, un passé autour de son cou, l'autre juste au-dessous de ses épaules. Un observateur aurait remarqué l'expression extatique de la jeune fille... »

LA TRAME NARRATIVE

C'est en gros les piliers de votre histoire érotique et les différentes tensions qui la composent. La trame narrative se décline souvent en **schéma quinaire**, schéma que vous devez certainement connaître :

1. État initial (Équilibre)
2. Élément perturbateur
3. Péripéties
4. Élément de résolution (climax)
5. État final (Équilibre)

Ce format peut varier d'une histoire à l'autre, et l'ordre n'est pas nécessairement respecté dans le récit (on peut par exemple commencer par l'état final : « Maintenant que je suis en prison, j'ai tout mon temps pour vous raconter mon histoire... ») pour ensuite revenir à l'état initial, ce qui s'appelle une analepse (non, ça n'a pas la même étymologie que « anal » et donc « anus », bande de pervers·es, ça vient du grec !).

Mais classiquement, c'est le tuteur général sur lequel vous pouvez facilement vous appuyer.

Dans l'histoire érotique, j'aime à penser que **l'acte sexuel est l'élément perturbateur ou de résolution de l'histoire.**

Dans les *Sexercices de style* d'Étienne Liebig (La Musardine, 2013, 60 récits autour d'une même trame dans des styles différents), par exemple, les 60 histoires tournent autour de la découverte de l'adultère d'une femme.

Souvent, l'**initiation à une pratique sexuelle** (le BDSM, le tantrisme, le libertinage, etc.) ou **une histoire**

d'amour sont communément choisies pour avancer dans la trame narrative.

On pense notamment à *Histoire d'O* ou *50 Nuances de Grey*...

Pourquoi pas, mais si vous cherchez à vous démarquer, n'hésitez pas à être un tantinet plus audacieux dans votre script ! On peut aussi imaginer que l'on suit les aventures d'un serial baiseur à la bite géante qui subit toujours la pénible tristesse de laisser pour mortes les femmes qu'il étreint (comment va-t-il trouver la paix et l'harmonie ?), d'une enquête policière sur une sombre histoire de vol de sextoys en diamants (qui est le coupable entre la grand-mère lesbienne, le petit-fils drogué aux poppers en manque de thune ou le père de famille infidèle qui voulait faire plaisir à sa maîtresse ?), d'un potentiel délinquant en misère sexuelle accro au porno qui prévoit un attentat gigantesque dans un club libertin qui lui refuse l'entrée (comment va-t-il être arrêté ?).

À vous de définir quel « enjeu » (sexuel) fera avancer l'histoire, dans quelle quête se lanceront vos personnages, et ce qu'ils en auront appris.

EST-CE QU'ON DOIT FAIRE UN PLAN ?

Il est de coutume de penser que la plupart des auteur·e·s écrivent **le schéma quinaire sur des feuilles** en remplissant chaque étape de l'avancée de l'histoire minutieusement, ou font des fiches sur leurs personnages pour détailler leur caractère et leur passé. Vous pouvez (certaines maisons d'édition vous le demandent d'ailleurs, s'il s'agit d'une commande) – mais ce n'est pas un gage systématique de garantie qualitative. Pour Anne

Vassivière, par exemple, auteure de *Parties communes* (La Musardine), le choix était déjà tranché d'avance. C'est « non » (et ça marche très bien aussi).

Mais si vous êtes novice, mieux vaut vous fier à des tuteurs (nous avons une liste en « annexe » pour vous permettre d'avancer étape par étape pour vous aiguiller jusqu'à la clôture de votre œuvre.)

Si vous avez tout de même besoin d'un guide assez poussé, mais que le « plan scolaire » vous ennuie, essayez le **« mind map »** ! C'est une technique qui consiste à cartographier votre pensée. Vous mettez au centre votre idée principale ou votre thème central (découverte du BDSM, dépendance sexuelle, attaque extra-terrestre sexy, etc.), puis vous lui connectez un nombre de chapitres qui en découlent avec des branches. Vous pouvez éventuellement faire des schémas pour vous aider.

Pour ceux/celles qui ont également un joli coup de crayon, n'hésitez pas à vous lancer dans **le storyboard** (petits plans dessinés bout à bout), c'est très pratique pour visualiser vos différentes scènes de sexe. Pour Ève de Candaulie, c'est comme cela que ça a fonctionné : « *Pour* L'Infidélité promise, *j'ai fait un dessin animé à partir des idées que j'avais. J'ai bien fait 20 bulles, 20 séquences pour voir ce qu'il se passait.* » C'est parfait pour vous aider lors des descriptions, ressort érotique ô combien important !

EXERCICE D'ENTRAÎNEMENT N° 17

(30 minutes)

Dessinez, c'est gagné !

Étape 1 : Prenez des crayons, une gomme et une feuille.
Étape 2 : Dessinez un objet de la pièce dans laquelle vous êtes.
Étape 3 : Trouvez-lui une utilisation sexuelle.
Étape 4 : Expliquez sur d'autres schémas comment il fonctionne (à la manière d'un plan de montage d'un meuble). Vous pouvez bien évidemment y ajouter des personnages pour que cela soit plus clair.
Étape 5 : Montrez votre schéma à une personne de confiance, demandez-lui : 1. Si elle a retrouvé l'objet, 2. Si elle comprend son utilisation détournée, 3. Bonus : si elle vous prend pour un·e pervers·e.

PEUT-ON ÉCRIRE DES PRATIQUES ÉROTIQUES ILLÉGALES ?

Sade s'en foutait. Mais Sade est allé en prison.

Reformulé autrement (et plus simplement), avons-nous le droit d'écrire des trucs érotiques avec **des scènes de viol, d'inceste ou de nécrophilie** ?

La réponse du droit français, **c'est oui**. Vous ne pouvez pas aller en prison parce qu'un des personnages qui adore se faire doigter le cul a cinq ans. Cela fait partie de **la liberté d'expression**.

En revanche, vous n'avez pas le droit de tout écrire (je vous ai concocté un chapitre sur les limites un peu plus loin). Sinon, à vous les tentacules, les parents pervers et indignes, les chiens féroces et les violeurs en série. Youpi.

Si maintenant vous êtes pris·e de remords, car vous vous demandez si cela peut provoquer des désirs illégaux chez d'honnêtes gens, Boris Vian aurait certainement eu ce type de réponse (dans *Écrits pornographiques*) : *« Quant à prétendre qu'un livre peut vous donner le désir de faire des choses que l'on y lit, c'est aller contre la vérité : car si l'on veut bien se reporter aux temps de l'invention de toutes ces coutumes plaisantes de l'érotologie, on doit reconnaître qu'il y a bien quelqu'un qui en a eu l'idée le premier et sans manuel... L'homme, que je sache, a précédé le livre. »*

Mais si la question est de savoir si ces écrits **donnent une forme d'autorisation** (en en faisant la promotion, en donnant des astuces, en banalisant l'illégal, en renforçant des stéréotypes) à quelqu'un dont l'esprit serait déjà imbibé de ces désirs, la question est tout autre.

> **Inès Gauthier, psychologue clinicienne (soi-couple-famille.fr), en contact régulier avec des pédophiles ou des agresseurs sexuels (entretien août 2018) :**
> *« Je pense que ce type de littérature peut être bénéfique pour le lecteur s'il permet une forme de prise de conscience sur le fantasme transgressif. Et qui le pousse ensuite à engager une forme de thérapie.* ***Le risque c'est qu'il se dise "ah bah tiens, finalement, ce n'est pas si grave" et qu'il voie le texte comme une forme de permission, comme une confortation du système de croyance misogyne ou qu'il amoindrisse la pédophilie, par exemple.*** *Évidemment, il faut faire du cas par cas pour savoir, tous ne réagiront pas de la même façon. Ce que je préconiserais, s'il faut écrire sur les interdits sociaux, c'est d'expliquer l'intention de l'auteur avec la préface ou dans la conclusion, afin d'éviter le côté "permissif". »*

8 questions posées à un avocat sur le contenu d'une histoire érotique.
Réponses d'Emmanuel Pierrat[1], avocat au Barreau de Paris, spécialisé dans le droit de l'édition (entretien de décembre 2018) :

Flore Cherry : Si un auteur de littérature érotique souhaite écrire un bout de sa vie sexuelle réelle, est-ce problématique ? À quoi doit-il penser ?
Emmanuel Pierrat : Il peut, dans la seule limite où les personnages ne sont pas identifiables. Il faut penser à changer les prénoms, les âges, les signes distinctifs comme la coupe de cheveux ou un tatouage, la profession, etc. Sinon, il risque un procès pour **atteinte à la vie privée**.

FC : Et s'il invente la vie sexuelle des stars, comme celle de Brad Pitt, et que tout le monde s'imagine bien que c'est faux ?
EP : Il y a toujours le risque d'atteinte à la vie privée. Que les faits se soient réellement passés ou pas, ça ne change rien.

FC : Peut-il alors décrire la vie sexuelle de personnages qui n'existent pas, mais qui ont été créés par d'autres ? Par exemple des personnages de bande dessinée ?
EP : Oui, c'est possible, mais il faut y aller avec prudence. Si l'on raconte la fausse vie sexuelle des Simpsons, par exemple, on peut rentrer dans l'exception de parodie et donc être protégé – mais on peut aussi rentrer dans le parasitisme, si « les Simpsons » est une marque déposée. C'est au cas par cas.
En revanche, ce qui est sûr, c'est qu'il ne faut pas s'amuser à les dessiner, sinon c'est de la contrefaçon.

1. Auteur, entre autres, du *Sexe et la Loi*, La Musardine, 2019.

FC : Peut-on écrire un plaidoyer pour le proxénétisme ?
EP : Toute incitation à un délit grave peut être poursuivie, et évidemment, le proxénétisme rentre dans cette catégorie. Tout du moins en France.

FC : Est-ce que l'on peut incorporer dans son texte érotique une pratique sexuelle très « limite », comme le BDSM ou l'exhibitionnisme ?
EP : C'est un peu différent si l'on mentionne juste certaines pratiques sexuelles, comme le BDSM ou l'exhibitionnisme, qui sont peu réprimandées, sans en faire la promotion. Même si, en théorie, cela peut être sanctionné.
On peut se poser la question de l'œuvre du marquis de Sade qui fait justement la promotion des crimes les plus atroces. Il faut bien comprendre que ses œuvres ont été publiées posthumes, et si Sade était un auteur contemporain, il aurait eu la même censure.

FC : Est-ce que l'on peut écrire une œuvre érotique avec des Noirs qui ont tous une grosse bite ?
EP : Oui, et ce n'est pas du racisme. Le racisme doit être rattaché à des adjectifs dégradants pour la communauté ciblée. Par exemple, dire que les Asiatiques ont tous des petites bites et qu'ils sont très mauvais amants, ça peut être dévalorisant. Mais « renforcer les clichés », par exemple dire des Noirs qu'ils ont une grosse bite, cela ne tombe pas sous le coup de la loi.

FC : Est-ce qu'un auteur a le droit de reprendre la trame d'*Histoire d'O* pour en réécrire l'histoire ?
EP : Le droit d'auteur protège deux choses : le style et l'intrigue, et donc aussi le scénario. *Histoire d'O* est une œuvre déposée, c'est donc non.

FC : Est-ce que l'atteinte aux bonnes mœurs existe toujours aujourd'hui ?

EP : Sous une autre forme, elle est remplacée par l'interdiction de diffusion de matériel pornographique auprès de mineurs. Il faut que tous les écrivains qui souhaitent passer par de l'autoédition aient ça en tête : on ne vend pas un livre érotique à un moins de 18 ans.

Pour résumer, lorsque l'on écrit un texte érotique en vue d'une publication, on fait attention à :

- **l'atteinte à la vie privée :** on n'écrit pas sur sa folle nuit d'amour avec une personne identifiable, qu'elle soit célèbre ou non. Morte ou vivante. Et que ce soit vrai ou non.
- **la contrefaçon ou le parasitisme :** gardez à l'esprit que vous marchez sur des œufs quand vous reprenez des personnages fictifs inventés et popularisés par d'autres.
- **le plagiat :** on évite de raconter une histoire de BDSM à l'eau de rose entre un « Christophe Gris » et une « Anastase Still » avec un hélicoptère. Ça va vous coûter de l'argent en frais d'avocat (et la littérature érotique vaut mieux que ça !).

EXERCICE D'ENTRAÎNEMENT N° 18

(30 minutes)

Devoir de droit :

En matière de droits d'auteur, il existe quelques exceptions. Par exemple, sauriez-vous définir à quoi correspondent celles-ci :

a. L'exception de courte citation

b. L'exception de parodie

c. Le domaine public

d. BONUS : enquêtez sur **la folle histoire judiciaire de *La Vie sexuelle de Tintin* de Jan Bucquoy** !
En quelle année Tintin se retrouvera-t-il dans le domaine public ?

a. *Un auteur ne peut s'opposer à la reproduction d'un extrait limité de son œuvre, souvent délimité par la jurisprudence française.*

b. *Il est possible de créer des personnages ou une histoire qui parodie une œuvre réelle, mais il faut alors veiller à ce qu'il n'y ait aucune confusion avec l'œuvre originale et qu'il existe une intention humoristique qui ne cherche pas à nuire à l'original.*

c. *Ensemble des œuvres qui n'est plus restreint par la loi.*

d. *En 2054*

S'INQUIÉTER DE L'AUTOCENSURE

« Toute volonté de moraliser l'art doit être traitée avec la plus grande méfiance. L'histoire de la littérature nous apprend que certaines des œuvres les plus riches et les plus émouvantes ont été écrites par des hommes et des femmes peu recommandables et que les artistes qui choquaient le plus leurs contemporains sont souvent passés à la postérité. » James Marriot, extrait de « Les écrivains ont-ils le droit d'être des salauds ? », *Courrier international*, 2018.

Si moraliser l'art doit être pris avec le plus grand des sérieux, la plupart des maisons d'édition pratiquent l'**autocensure** pour fidéliser un lectorat, préciser une ligne éditoriale et positionner leurs valeurs, voire leur engagement. C'est le cas par exemple de Anne Hautecœur, responsable de la maison d'édition La Musardine (entretien janvier 2019) : *« Notre critère de sélection dans les manuscrits que l'on reçoit, c'est que le sexe soit central et que ce soit excitant. Du coup on limite tout ce qui est sous le coup de la loi (pédophilie, viol, etc.), même s'il y a débat d'un point de vue légal. Il y a aussi de nos valeurs personnelles qui sont engagées – et nous ne voudrions pas participer à ce genre de promotion. »*

L'**autoédition, quant à elle,** peut être une belle alternative à une ligne éditoriale trop étriquée.

EXERCICE D'ENTRAÎNEMENT N° 19

(10 minutes)

Quelle est votre censure personnelle ?

Étape 1 : Faites une liste avec trois thématiques que vous souhaitez traiter dans votre prochain livre ou les thématiques qui vous tiennent à cœur, et définissez-les.
Ex. : le BDSM, les pratiques de domination et de soumission.

Étape 2 : Pour chaque thématique, notez les limites de l'exploration de la thématique. Y a-t-il des pratiques, des sujets, des extrêmes, dont vous ne voudriez pas parler ?
Ex. : La scatophilie, la violence et la torture psychologique.

Étape 3 : Écrivez explicitement pourquoi.

Étape 4 : Si vous deviez revenir sur une limite, laquelle serait-ce ?

GÉREZ VOTRE COMMUNICATION !

Vous pensiez que le métier d'écrivain s'arrêtait à l'écriture ? Eh bien, pas tout à fait. Comme les grands salons ou les cafés mythiques dans lesquels les écrivains s'affichaient et discutaient entre eux (on pense par exemple au café Riche à Paris), il va falloir fédérer une communauté. Et nul besoin d'attendre d'avoir sorti un livre pour vous créer un réseau : des petits billets d'humeur, une présence régulière à des événements ou simplement quelques échanges d'idées sur des groupes vous permettront de faire un premier pas dans le milieu de la littérature érotique.

Et, heureusement, aujourd'hui, internet a beaucoup simplifié les choses !

CRÉEZ-VOUS UN BLOG

Si vous êtes tout à fait novice dans le monde du digital, vous pouvez passer par une plateforme pour vous créer un blog gratuit, c'est rapide et relativement simple, mais il y a deux principaux désavantages : vous avez fatalement un nom de domaine qui termine par un machin du style .blogspot.com ou .canalblog.com et la personnalisation du site est très limitée (police, couleur, thème, outils, etc.).

Si vous êtes un peu plus expert·e, vous pouvez réserver un nom de domaine précis auprès d'un hébergeur (dans la limite des disponibilités du web) et y associer un CMS (système de gestion de contenu), pour environ une quarantaine d'euros par an, si vous prenez le plus basique. N'oubliez pas d'y associer une interface pour vous contacter/ou vous laisser un mail.

Essayez de glisser **votre pseudo dans le nom de domaine**. Quand les gens taperont votre nom, ils tomberont plus facilement dessus.

N'oubliez pas de mettre une « opt-in » pour les plus de 18 ans (c'est un pop-up qui s'affiche pour demander l'âge). La mise à disposition de matériel pornographique à disposition des mineurs est interdite par l'article 227-24 du Code pénal, et les textes érotiques peuvent en faire partie (en tout cas, si vous décidez d'illustrer vos récits brûlants par des images chaudes, c'est sûr !).

Attention aux droits d'auteur! Vous avez écrit un manuscrit en plusieurs feuilletons et vous souhaitez le soumettre à une maison d'édition ? Si les droits d'auteur peuvent être clairement distincts pour le papier et pour le digital, mieux vaut éviter de proposer aux éditeurs un contenu qui a déjà été accessible totalement gratuitement sur votre blog.

Le **droit de courte citation** peut cependant vous permettre de diffuser un extrait tel qu'un gros paragraphe si vous avez écrit un roman – ce qui peut servir de « teasing » sur votre blog. Le droit de courte citation s'apprécie en fonction de la longueur de l'œuvre générale, attention à ne pas en abuser.

EXERCICE D'ENTRAÎNEMENT N° 20

(20 minutes par jour)

Étudiez les blogs qui vous passionnent!

Étape 1: Faites une liste des 10 blogs qui vous inspirent le plus.

Étape 2: Sur un carnet, notez les points communs des différents articles.

- Comment sont rédigés les titres ?
- Comment le corps de l'article est-il monté ?
- Y a-t-il des mots-clés qui reviennent régulièrement ?
- Quel type d'illustration est en image à la une ?
- Quelle est la longueur d'un article type ?
- Quelle est la périodicité de publication ?

Étape 3: Laissez 3 commentaires par jour sur ceux qui vous inspirent le plus, avec votre pseudo.

SOYEZ PRÉSENT·E·S SUR LES RÉSEAUX SOCIAUX

Facebook et Instagram ne sont pas tendres avec les auteurs de littérature érotique. Le langage sexuellement explicite est de plus en plus banni de ces plateformes. *« Nous limitons également le langage sexuellement explicite qui peut mener à la sollicitation, car certains groupes au sein de notre communauté mondiale peuvent être sensibles à ce type de contenu »* précise Facebook dans ses standards en 2019. Protection des mineurs ? Non, le principal motif avancé, c'est la protection contre la traite sexuelle des humains.

Les photos érotiques ? Évitez : même si les seins, le sexe et les fesses ne sont pas visibles, l'algorithme peut parfois se montrer un peu capricieux.

Twitter reste cependant un parfait territoire de liberté, n'hésitez pas à vous y inscrire !

ALLEZ AUX RENCONTRES D'ÉCRIVAIN·E·S

Qu'il s'agisse de soirées de dédicace, de rencontres entre auteurs, de cafés philo ou de club de lecteurs, n'hésitez pas à élargir votre cercle d'ami·e·s et de passionné·e·s d'écriture. Au-delà de l'inspiration, vous pourrez vous y faire des ami·e·s relecteur·rice·s qui auront un avis assez objectif sur vos œuvres.

ORGANISEZ DES SÉANCES DE DÉDIDACE

Une fois que votre livre est paru dans une maison d'édition, le but du jeu va être d'organiser un maximum de rencontres avec votre public pour le faire vendre. Des librairies spécialisées peuvent parfois organiser des séances de dédicace : n'hésitez pas à vous renseigner !

BOOSTEZ VOTRE CULTURE ÉROTIQUE

Pour Jeff, écrivain amateur, régulier des ateliers d'écriture « Les Écrits Polissons » (entretien décembre 2018), l'ouverture d'esprit à d'autres fantasmes est une condition sine qua non d'écriture érotique :

« Si un écrivain doit écrire plusieurs histoires, et que ce n'est pas juste de l'ordre du témoignage, il doit alors nécessairement aller puiser de l'inspiration ailleurs. On ne peut pas se cantonner à ce que l'on aime ou à ce qui nous fait fantasmer. Il faut réellement "ouvrir ses chakras" et aller comprendre ce qui fonctionne sur une autre population. Pourquoi les Américains sont-ils autant focus sur les marques de bronzage ? Pourquoi la zoophilie excite certaines personnes et pas d'autres ? Est-ce que la bisexualité, ça peut marcher ? Les écrits en plusieurs tomes qui ressassent inlassablement les mêmes fantasmes finissent par être lassants. Surprendre le lecteur dans son propre fantasme, ça c'est le devoir d'un bon écrivain ! »

SOYEZ À L'AFFÛT DES FANTASMES

Chaque année, de nombreux sondages mettent en avant les fantasmes partagés par des groupes de personnes, autant de potentiels lecteurs et lectrices qui seraient ravis de vous lire !

Par exemple, saviez-vous que 15 % des Françaises reconnaissent avoir déjà eu envie de caresser le torse ou les fesses d'un joueur de football ? (« Les joueurs de foot, objets de fantasmes ? », juin 2018, Ifop.)

Saviez-vous que les lieux secs, comme la forêt et les champs, font davantage rêver les Français que la mer et la piscine ? (« Enquête sur les fantasmes et pulsions des Français en été », juin 2017, Ifop.)

Saviez-vous que, contrairement à ce que veut nous faire croire l'industrie de la pornographie, seulement 16 % des Françaises ont déjà ressenti de l'attirance pour une autre femme ? (« Enquête sur les fantasmes de sexe entre femmes », avril 2018, Ifop.)

EXERCICE D'ENTRAÎNEMENT N° 21

(15 minutes)

Réalisez le fantasme de clients !

Cas d'école rencontré sur « My Sweet Fantasy », une société qui réalise des fantasmes à la demande, pour couples et personnes seules.

Un client vous envoie comme brief :

« Bonjour. Pour l'anniversaire de ma femme, je souhaiterais un moment coquin, exotique et plein de surprises dans un lieu privatisé. Ma délicieuse femme aime les voyages et découvrir de nouvelles cultures. Que pouvez-vous nous proposer ? Mon budget ne doit pas dépasser 1 000 €. »

Envoyez-lui un mail de réponse pour mettre en scène leur fantasme !

(Attention, gardez bien à l'esprit que la prostitution et toutes formes de violence sont strictement prohibées. L'enjeu principal ? Les faire rêver tout en garantissant l'aspect sécurité !)

Envoyez votre réponse avec en sujet :

BRIEF EXOTIQUE – RÉPONSE CLIENT

à flore@mysweetfantasy.com

LISEZ AUSSI DE LA LITTÉRATURE ÉROTIQUE

Bien que cela puisse être à double tranchant (plus vous lisez de la littérature érotique, plus vous prenez de risques de commettre des plagiats), lire épisodiquement de bons livres érotiques peut vous donner de précieux indices sur des pratiques, des pensées, des fétiches... dans lesquels vous pouvez piocher quelques idées.

Je ne saurais que trop vous recommander des anthologies (celles de Jean-Jacques Pauvert, un des plus grands dans le monde de la publication érotique, valent vraiment le coup !).

Vous pouvez également aller sur des sites d'histoires érotiques en ligne. Union.fr, par exemple, recense des centaines de témoignages, autant de sources merveilleuses d'inspiration érotique.

NAVIGUEZ DANS LE MILIEU

Il existe différents ateliers d'écriture érotique (**Les Écrits Polissons**, que j'anime, en sont un parfait exemple), des spectacles de lectures érotiques, des dictées coquines, des conférences autour de la sexualité, des expositions... le monde des passionné·e·s par la sexualité et la littérature se développe à vitesse grand V.

Vous pouvez, par exemple, aller faire un tour sur www.polissonneries.com pour rester informé·e·s.

ENQUÊTEZ !

Votre histoire se déroule dans le monde libertin, et vous n'avez jamais mis les pieds dans un club ? Vous parlez du milieu pharmaceutique, mais vous n'y connaissez rien ? Vous mentionnez une ville, mais n'y êtes jamais allé·e ?

Parlez avec des experts, n'ayez pas peur de vous rendre dans les lieux qui vous servent de scène, échangez avec des personnes aux profils similaires à vos personnages. Cherchez le réalisme où vous le pouvez.

C'est le cas par exemple de Camille Chardon, auteur chez Évidence Éditions (entretien de janvier 2019) : « *Je ne connaissais rien au milieu du candaulisme – mais j'étais tout de même fasciné par cet univers (c'était un fantasme que j'avais déjà, mais dont je n'oserais jamais parler avec ma femme). J'ai discuté avec beaucoup de couples qui le pratiquaient pour comprendre ce qu'ils vivaient avant de me lancer dans l'écriture de* Le Loup que je ne suis pas *qui retrace une aventure de candaulisme.* »

Il n'y a rien de pire que de lire des stéréotypes vides de sens, voire des incohérences profondes sur la psychologie des personnages : « *Je suis une jolie blonde de dix-huit ans qui adore son corps, aux formes fermes et avantageuses, que je trouve très sexy. Quand je me regarde dans un miroir, j'aimerais parfois pouvoir me faire l'amour.* » (Qu'on soit clair : aucune femme ne veut s'autobaiser, ÇA N'EXISTE PAS. Ne riez pas, je l'ai lu plusieurs fois.)

La précision de votre univers, votre expertise sur le sujet dont vous parlez, la justesse de l'introspection des personnages… ça se bosse !

EXERCICE D'ENTRAÎNEMENT N° 22

(20 minutes d'interview + 1 heure d'écriture)

Interviewez vos ami·e·s !

Puisez l'inspiration auprès de vos proches.

Préparez des questions, mettez-vous dans un endroit intime, lancez votre magnétophone ou prenez des notes, et demandez-leur de vous raconter leur anecdote la plus folle.

Transcrivez ensuite l'interview en récit (minimum 4 000 mots) et romancez-la si besoin. N'oubliez pas que vos ami·e·s vont certainement vous raconter une succession de faits, à vous de rendre crédible l'histoire par une multitude de détails et par la justesse de votre introspection.

Écrire une chanson érotique

Écrire pour une musique érotique est évidemment un style d'approche à part entière. S'ajoute à un texte fort et poignant la contrainte des rimes, de la mélodie et des silences !

Certain·e·s écrivent la mélodie avant les paroles, pour d'autres, c'est l'inverse ! Chaque compositeur·rice et parolier·ère aura sa propre méthodologie.

Julia Palombe, chanteuse de rock érotique (entretien avec l'auteur de juillet 2018), **invite à ne pas négliger la rime** : « *Ce qui marche bien en musique érotique, c'est de* ***placer la rime sur le décalage : faire rimer "fellation" avec "constitution" par exemple****. Les rimes créent des associations d'idées – il ne faut pas hésiter à s'en servir.* »

Et on se souvient bien évidemment de la chanson paillarde « Tu avances et tu recules, comment veux-tu que je t'en... lace ! ».

L'avantage de la musique, c'est que le mot n'est plus « à plat », il prend une autre dimension en fonction de la façon dont il est prononcé, ça l'enrichit. Julia Palombe précise : « *Dans ma chanson* Mon petit putain, mon tendre salaud, *les mots peuvent être très violents, très agressifs lorsqu'ils sont juste projetés sur la feuille. Mais si c'est chanté, susurré, un peu flou, ça peut devenir très sexuel. Au final, j'en fais presque quelque chose de féminin alors que c'est très viril.* »

Et quand il s'agit de musique érotique, il y a souvent **deux écoles** : celle de ceux qui susurrent les mots, les adeptes de la sensualité (on pense à Jane Birkin, Serge Gainsbourg, Vanessa Paradis qui restent dans la suggestion et qui jouent des silences et des voyelles interminables). Et celle de ceux qui clament le sexe, qui le crient, qui le hurlent : Mylène Farmer et son *Je suis libertine !*, James Brown et son *Like a Sex Machine*, Julia Palombe lorsqu'elle hurle *Le sexe tue* !

Jouir ou soupir, en musique érotique, il vous faudra choisir !

Les instruments et l'enrobage sont aussi essentiels pour accompagner le texte. Pour Mademoiselle A, coach vocal et comédienne (entretien de décembre 2018) : *« Au-delà du texte en lui-même, c'est surtout le choix des instruments qui va ajouter de la sensualité et de l'intention. Le violon, par exemple, dans une composition, c'est hyper érotique. J'aime aussi beaucoup la contrebasse, mais peut-être plus pour la forme, qui évoque une femme, que pour le son. »*

Évidemment, la gestion du rythme ajoute beaucoup à l'érotisme du texte. L'écriture de la musique doit prendre en compte de nombreux contrastes, un relief, qui suit son histoire et peut mimer l'acte. Pour Mademoiselle A, *« La musique classique est à mes yeux extrêmement érotique, même s'il n'y a pas de paroles. Il y a tout de même une histoire. On retrouve souvent une alternance entre la violence et la douceur, avec des phases d'emballement et des phases d'apaisement. Un climax, des routines, des refrains, des envolées… C'est hyper sexuel. »*

EXERCICE D'ENTRAÎNEMENT N° 23

(15 minutes)

Aznavour d'amour

Retrouvez les paroles de *Emmenez-moi* et changez-les pour en faire une version grivoise...

« Embrassez-moi,
Au bout de la verge
Embrassez-moi
Du gland jusqu'aux orteils
Il me semble que
L'auriculaire
Serait plus utile dans mon appareil. »

Écrire une pièce de théâtre érotique

« Une bonne pièce de théâtre érotique est celle qui va réussir à distiller tous les ingrédients qui permettent l'excitation au bon moment et avec les bons dosages. Ces ingrédients sont ***la situation érotique (surprendre une femme qui se change), les dialogues (notamment comme préliminaires), les regards et contacts entre les comédiens, leur nudité (partielle ou totale), plus ou moins atténuée par des jeux de lumière, et la représentation de l'acte sexuel.*** *»* Arthur Vernon, auteur et metteur en scène de pièces de théâtre érotique (entretien décembre 2018).

L'écriture de pièces de théâtre présuppose **une connaissance affutée de l'auteur pour la mise en scène**. Contrairement aux romans ou aux films, le théâtre est limité en termes de trucages, d'espace ou encore de temps de représentation. Connaître toutes ces contraintes est indispensable avant de se lancer dans la phase d'écriture.

Arthur Vernon complète : *« L'auteur doit garder à l'esprit que sa pièce doit être jouée – sauf s'il accepte des effets de mise en scène propres au théâtre, mais éloignés du réalisme (comme du mime, des jeux d'ombre, etc.). À titre personnel, j'ai du mal à écrire une pièce en imaginant qu'elle serait mise en scène par un autre. Que ce soit au théâtre ou au cinéma, le pouvoir du* ***metteur en scène ou du réalisateur reste très important et peut complètement dénaturer (ou sublimer !) un texte,*** *qui passera dans tous les cas au filtre des comédiens – ces derniers apportent toujours une touche personnelle conséquente à un texte. »*

Et avant de vous lancer dans l'écriture, **n'oubliez pas de penser à la structure de votre pièce de théâtre**, tuteur indispensable à la bonne gestion du rythme. Contrairement aux autres médias (films, podcasts, romans, etc.), le théâtre est un « direct » et ne laisse que peu de place à l'improvisation ou à de la post-production. Tout doit être très construit.

Arthur Vernon rajoute encore : « *La structure d'une pièce permet de gérer les montées dramatiques, et de créer le rythme et la tension de la pièce. Au cinéma, le scénario peut être moins important, grâce à une improvisation lors du tournage et surtout grâce à la magie du montage. Gaspar Noé a sorti en 2018* Climax, *avec un scénario de trois pages, et tourné en trois semaines. Et le film est un chef d'œuvre !* »

Une fois que vous avez ces prérequis, vous pouvez vous lancer dans l'écriture concrète de la pièce de théâtre !

Doit-on décrire au millimètre les scènes de sexe ? Là, tout dépend de l'importance qu'elles ont pour vous en tant qu'auteur·rice et de votre intention générale à travers cette pièce. Si l'explicite de la sexualité est très importante pour votre message et pour la narration, n'oubliez pas de **le préciser dans les didascalies**. Vous éviterez ainsi qu'une scène de baise torride ne se retrouve plongée dans le noir par un metteur en scène très pudique ! Arthur Vernon précise : « *Le degré d'explicite est transmis aux acteurs, ils peuvent ensuite faire des propositions. Dans la réalité, les scènes de sexe sont très chorégraphiées. La liberté des acteurs a lieu au cours des répétitions, où ils font des propositions, puis le metteur en scène fixe précisément la scène qui sera présentée, de façon quasi identique, tous les soirs au public.* »

Comment écrire un bon dialogue de théâtre ? Un bon dialogue est d'abord un dialogue qui sonne vrai, et s'il est érotique, il doit rester dans la continuité du style de langage des personnages, et se différencier pour chacun d'entre eux. Il existe une exception si les personnages jouent à un jeu, comme du dirty talk. Évitez les lieux communs et essayez de coller au maximum à la personnalité, à l'intime de vos personnages. N'ayez pas peur d'oser l'originalité !

Bon à savoir : les dialogues ont toujours eu une place importante dans la littérature érotique. **D'ailleurs, les œuvres pornographiques majeures des XVIe et XVIIe siècles** sont le plus souvent des dialogues (source : Dominique Maingueneau, professeur de linguistique).

EXERCICE D'ENTRAÎNEMENT N° 24

(15 minutes)

Réécrivez avec une écriture moderne tout en conservant la rime *cet extrait du* Godmiché royal *(texte de 1789, auteur inconnu), repris dans* Rêveries d'une jeune fille amoureuse *d'Arthur Vernon, dans lequel la reine Junon recherche l'assistance de sa servante Hébée pour lui dénicher des partenaires sexuels de qualité.*

HÉBÉE

Reposez-vous sur moi, je sais bien comme on fout,
Madame, vous serez servie à votre goût ;
Je fais ici serment, quelle que soit mon envie,
De ne jamais branler, ni foutre de ma vie,
Si le moindre des vits que je veux vous donner
Ne vous fait décharger vingt fois sans déconner.

JUNON

C'est promettre beaucoup.

HÉBÉE

Des vits de ces lurons
Le plus court porte au moins quinze pouces de long.

JUNON

C'est comme je les veux. Et de circonférence ?

HÉBÉE

Huit pouces pour le moins, si j'en crois l'apparence.

JUNON, *après avoir un peu rêvé.*

Quinze pouces de long ! Huit de circonférence !
Ah ! mon con en décharge, aussitôt que j'y pense.

BONUS : Ces auteurs érotiques masculins qui prouvent que l'on peut avoir une tout autre image que celle du pervers sexuel.

Roald Dahl

On connaît surtout Roald Dahl pour ses textes destinés à un jeune public : *Charlie et la Chocolaterie*, *James et la grosse pêche* ou encore *Matilda*, des histoires où les enfants prennent leur revanche sur un monde hostile et cruel, celui des adultes. Ce que l'on sait moins, c'est qu'il a également écrit des nouvelles osées qui ont été publiées dans le magazine *Playboy*, et qu'il a signé un roman très sulfureux, *Mon oncle Oswald*, qui retrace les aventures d'un érotomane qui monte une entreprise pour collecter le sperme de célébrités revendu à de richissimes clientes.

Emmanuel Macron

Emmanuel Macron aurait écrit ses premières histoires érotiques à l'âge de 17 ans. Alors qu'il venait de rencontrer celle qui allait devenir sa future femme, Brigitte, il aurait demandé un service bien particulier à sa voisine…

« À cette période, je faisais de la dactylographie, se souvient une voisine. Je le connaissais du quartier et un jour, il m'a demandé de taper les trois cents pages d'un livre qu'il venait d'écrire. C'était un roman osé, un petit peu cochon ! Les noms n'étaient bien sûr pas les mêmes, mais je pense qu'il fallait qu'il exprime ce qu'il ressentait à l'époque. »

Cet extrait est issu de la biographie *Brigitte Macron, l'Affranchie* (éditions l'Archipel, 2018) de Maëlle Brun.

Jean de la Fontaine

L'auteur du « Corbeau et du renard », de « La Cigale et la Fourmi », et de toutes les autres fables moralisatrices qu'on lui connaît, et qui sont apprises par nos chers mouflets par cœur, s'est aussi essayé aux **contes licencieux**. Des contes qui ne nommaient pas l'acte en tant que tel, mais qui contournaient la censure moralisatrice de l'État par des doubles-sens et des jeux de mots.

Contes et nouvelles en vers
par Monsieur de La Fontaine (1709)

« Comment l'esprit vient aux filles »
« Mon Révérend la jette sur un lit ;
Veut la baiser ; la pauvrette recule
Un peu la tête ; et l'innocente dit :
Quoi ! c'est ainsi qu'on donne de l'esprit ?
Et vraiment oui, repart sa Révérence ;
Puis il lui met la main sur le téton.
Encore ainsi ? Vraiment oui ; comment donc ?
La belle prend le tout en patience.
Il suit sa pointe, et d'encor en encor,
Toujours l'esprit s'insinue et s'avance,
Tant et si bien qu'il arrive à bon port. »

Conclusion

Quoi ? Vous êtes encore là ?

Je pensais que j'avais réussi à vous semer au chapitre des figures de style ou au moins de la narratologie, mais non ! Vous restez accroché·e là, telle une IST que l'on gratouille mollement d'une main, espérant en venir à bout de cette façon.

Mais je l'ai fini, mon livre. Et votre feuille… elle en est où ? Aussi vierge que quand vous avez commencé la lecture de ce guide ?

Parce que si vous en êtes réduit·e à lire la conclusion d'un livre de conseils sur l'écriture, reconnaissons-le : vous procrastinez ! Si, vous procrastinez ! Comme Tata Ginette qui souhaite se mettre au régime depuis six mois et qui reste inlassablement bloquée sur les conseils hypocaloriques de *Top Santé*.

Allez, un coup de vin blanc et on se reprend ! Ah, je ne vous ai pas dit le plus important : les conseils, c'est bien, mais ce sont autant d'œillères qui vous brident et freinent votre créativité.

Alors je ne serai pas plus longue et **j'aurai pour ultime conseil de vous demander de fermer tout de suite ce livre, d'arrêter de vous trouver des excuses et de vous mettre à écrire.**

Bitte, chatte, couille… et que ça mouille !

Annexes

Remplissez un maximum de ces fiches avant de vous lancer dans l'écriture.

1. Fiche d'enquête

2. Fiche schéma narratif

3. Fiche lieux et accessoires

4. Fiche personnages

5. Rétroplanning d'écriture

6. Arguments à l'attention de l'éditeur

7. Répertoire des maisons d'édition

I. FICHE D'ENQUÊTE

Contexte :

Pratique sexuelle/milieu :

Entretien avec :

Contact :

Date d'entretien :

Questions à poser :

Format d'enregistrement (notes/enregistrements audio/film, etc.) :

II. SCHÉMA NARRATIF QUINAIRE

Situation initiale :

Élément perturbateur :

Péripéties :

Élément de résolution :

Situation finale :

RAPPEL

Temps du récit :

Point de vue du narrateur·rice :

III. FICHE LIEUX ET ACCESSOIRES

Lieu quotidien des personnages en image :

(coller ici des photos de l'inspiration)

Liste des principaux accessoires/mobiliers :

Couleurs dominantes :

Odeurs dominantes :

IV. FICHE PERSONNAGES

Dessin :

Description physique :

Passé sexuel :

Quête :

V. RÉTROPLANNING D'ÉCRITURE

Notez ici votre agenda d'écriture avec des deadlines pour :

L'enquête :

L'écriture :

La relecture :

L'envoi des manuscrits :

CRÉEZ VOTRE CALENDRIER.

Quel est votre rituel d'écriture ?

VI. ARGUMENTS À L'ATTENTION DE L'ÉDITEUR

Pour que votre manuscrit soit retenu, non seulement il est important que vous l'incarniez, **mais il faut également rassurer l'éditeur sur le fait qu'il va facilement le vendre.**

Avant d'écrire votre argument, n'hésitez pas à répondre à ces quatre questions :

1. Quelle est votre légitimité à vous présenter devant ce comité de lecture. Êtes-vous un·e passionné·e de littérature, un·e expert·e du milieu dont vous parlez, avez-vous déjà écrit d'autres livres ?

2. Quelle est votre intention d'écriture ? Pourquoi avez-vous rédigé ce manuscrit ? Quelles sont vos influences ? En quoi se distingue-t-il des autres livres ?

3. Le thème du livre est-il tendance ou en écho avec l'actualité ?

4. Existe-t-il une communauté cible prête à acheter ce livre ? Êtes-vous connu·e au sein de cette communauté ?

N'oubliez pas également d'y glisser toutes les informations essentielles sur votre identité :

Votre nom et prénom :

Votre adresse postale :

Votre numéro de téléphone :

Votre adresse e-mail :

Votre pseudonyme éventuel :

Le texte a-t-il déjà été publié quelque part (blog) ? S'inscrit-il dans une série ?

VII. LES CINQ MAISONS D'ÉDITIONS SPÉCIALISÉES DANS L'ÉROTISME ET LA NEW ROMANCE À NE PAS RATER

Tabou Éditions
Service manuscrits
BP 14
91490 Milly-la-Forêt

La Musardine
Service manuscrits
122, rue du Chemin-Vert
75011 Paris
manuscrits@lamusardine.com

Éditions Blanche /Hugo New Romance
Service manuscrits
Hugo Publishing
34-36, rue La Pérouse
75116 Paris

Harlequin/Sexy Romance
Un mail à envoyer à :
contact-manuscrits@harpercollins.fr

JC Lattès – New Adult
Collection & moi
Service des manuscrits
17, rue Jacob
75006 Paris

NOTES PERSONNELLES

Achevé d'imprimer chez SoBook le 26-10-2023
Linselles - France

Nos papiers sont issus de forêts gérées durablement

N° impression : 871 305